KB173451

이파브르의 탐구생활

취미는 자연!
산나물, 노린재,
오래된 살림, 할머니를
좋아합니다

이파브르의 탐구생활

이파람 글·그림

"그런 결심하기가 참 쉽지 않은데 용기 있네요."

도시에 살다가 시골로 이주했다고 말했을 때 자주 들었던 말이다. 우리 부부가 정말 용감했나 싶어 뒤돌아보니 실은 그 반대였다. 2년마다 집을 옮겨다녀야 했던 서울살이에 지쳐버린 우리는 다음 집으로 이사하듯 지역을 옮겼을 뿐이다.

안정적인 직장도, 가진 재산도 없었다. 그만큼 자유로웠다. 그렇다고 어느 날 느닷없이 떠난 건 아니었다. 몸을 끌어당기는 몇몇 경험을 통해 우리는 조금씩 마음속 중심을 다져나갔다.

'10년 이내에 시골로 가서 살아야지.'

너무 막연해서 계획이랄 것도 없던 내 계획이 확 앞당겨진 계기는 지금의 남편인 참참을 만나고 나서였다. 대안 금융 협동조합에서 상근자로 일하며 규칙적으로 지내던 참참과, 프리랜서 디자이너로 불규칙적으로 살던 내가 만났다. 둘 다 대도시에서 뭉텅 빠져나가는 생활비를 제하고 적은 돈으로 빠듯하게 살아가고 있었다.

우리는 지구환경과 먹거리 문제에 관심이 많았다. 나는 건강하고 믿을 수 있는 먹거리는 결국 직접 길러서 구하는 수밖에 없다고 생각해 옥상에서 작은 상자텃밭을 가꾸고 있었다. 참참은 밀가루 하나를 사더라도 지하철로 몇 정거장 떨어진 생협을 이용했다. 참참은 오랫동안 채식을 해 왔고, 나는 고기를 사 먹진 않지만 고기반찬이 끝까지 식탁 위에 남겨져 생명이 헛되이 버려지게 될 땐 먹기도 했다. 우리는 이 번거로울 수 있는 일들을 오히려 즐겁게 수행했다.

시골에서 나고 자란 참참 역시 막연히 언젠가 고향으로 돌아갈 거라 생각하고 있었다. 서로 비슷한 생각과 바람을 가지고 있던 우리는 손 맞잡고 납작하게 눌린 엉덩이를 일으켰다. 그리고 변두리로 향하는 길을 살펴보았다.

중앙을 벗어나 가장자리로 간다는 건 다시 말하면 자립에 대한 의지였다. 의식주를 제 손으로 꾸릴 수 있는 삶, 자본에 의존하지 않고 자급자족하는 삶을 한번 살아보고 싶었다. 지난 몇 년 동안 자립을 위해 혼자 걷기도 하고 둘이 걷기도 하며 깨달은 것은 '자립'이 누구에게도 기대지 않거나 오롯이 혼자 서는 걸 의미하지 않는다는 사실이다. 오히려 살가운 친구, 좋은 이웃들과 일상을 함께 만들어 나갈 때 '진짜 자립' 할 수 있음을 느꼈다.

특히 퍼머컬처와 자연농을 통해 만난 인연들로부터 기꺼이 서로 의지하며 살아가는 방식을 배웠다. 게다가 한동안 농사지을 수 있는 땅까지 얻어 감사하게도 큰 고민 없이 이곳, 홍천으로 이주할 수 있었다.

처음 겪어보는 시골살이는 온통 신기한 것 투성이었다. 농사지어 식량을 자급하겠다며 농촌으로 왔건만 웬걸, 농사 말고도 재밌는 것이 천지였다. 별일 없어도 산에 올라 뭐가 있는지 탐험하길 즐기고, 밭일을 하다가도 잎을 갉아

먹는 벌레를 그냥 지나치지 못한 채 몇 시간이고 관찰하며 시간을 보냈다.

시골에서는 그 작은 동물들과 툭하면 마주치는데, 그때마다 적으로 삼아 싸운다면 삶이 많이 피곤해질 것 같았다. 그렇다고 그들을 이해시킬 수도 없는 노릇이니 내가 조금 더 그들 세상으로 들어가 보기로 했다. 벌레를 관찰하고 그림으로 그리면서 그들이 사는 세상을 탐구했다.

손으로 열심히 세수한다던지 미끄러져 엉덩방아를 찧는 벌레들의 모습에서 나와 비슷한 구석을 발견하곤 혼자 킥킥 웃기도 했다. 그렇게 점점 친근한 느낌이 들면 느닷없이 마주쳐도 혐오하지 않겠구나 싶었다. 잘 이해하고 나면 잘 어울려 사는 방법도 알 수 있을 것 같았다.

한 친구가 이런 나에게 '이파브르'라는 재밌는 별명을 붙여주었다. 내 별명인 이파람과 유명한 프랑스의 곤충학자 파브르를 합친 말이다. 그 별명이 마음에 쏙 들어서 나는 카카오톡 프로필에 이렇게 적어놓았다.

'이파브르의 탐구생활'

이 책에 나의 첫 시골살이 2년간의 여정을 담았다.

궁금한 게 많은 나는 여전히 한 가지 일에 집중하지 못하고 여기저기 기웃거리는 어설픈 농부다. 동네 언니는 우리더러 밭에서 소꿉놀이를 한다며 놀린다. 하지만 나는 꿋꿋이 스스로 농사짓는 사람이라고 소개한다.

같은 일을 하는 사람이라고 모두 다 같은 사람은 아닌 것처럼, 한 가지 부류의 농부만 존재하는 것은 아니니까. 옥수수 농부, 유기농 농부, 다품종 소량 생산 농부, 팔지 않는 농부, 반농반X 농부 등. 다양한 농부를 비롯한 다양한 사람들이 다양한 생명들과 함께 살아가는 곳. 그게 바로 내가 바라는 세상이다.

나는 이 책을 통해 세상을 이렇게 들여다보며 사는 사람도 있다고, 이렇게 살아가도 괜찮다고 말하고 싶다. 삶에 정답은 없다고 말하면서도 한 방향으로만 안내하는 모순 가득한 사회에 여기저기 작은 균열이 생겨나길 바란다. 불안정함을 껴안고서라도 나다운 삶을 발견하고 살아가기를 원하는 누군가에게 자그마한 힘이 될 수 있으면 좋겠다.

첫 책이 나오기까지 분에 넘치게도 오랫동안 많은 분들의 응원과 사랑을 받았다. 낯선 지역에 적응하기까지 몸과 마음을 다해 도와주신 자연농 식구들과 언니네텃밭 언니들, 비슷한 탐구 유전자를 가진 유랑농악단 친구들, 늘 이해하려 애쓰며 멀리서 응원해 주는 가족들, 자주 넘어지는 나를 다독여 일으키는 참참, 그리고 차분히 기다려주고 용기 북돋아주는 열매하나 식구들에게 이곳을 빌려 깊은 감사와 사랑을 전하고 싶다.

겨울

봄

여름

가을

겨울

시골집 구하기

군부대 정문 앞 편의점 위층에서 시골살이를 시작했다.

아침마다 새소리 대신 애국가를 들으며 살고 있다.

편의점 위층에서
시작한 시골살이

　　귀농을 생각했을 때, 당연히 마당이 딸린 단층 시골
집에 살 거라 상상했다. 시골에 빈집이 점점 늘고 있다는
기사를 접하며 저 가운데 한 곳에 살 수 있겠지 기대했다.
하지만 서울이나 시골이나 집이 문제였다. 밭은 얼마든지
빌릴 수 있어도 집은 그렇지 않았다. 홍천은 서울에서 그리
멀지 않아서인지 빈집이 거의 없었고, 어쩌다 발견해도 남
에게 빌려주지 않았다. 그렇다고 살아보기도 전에 집을 사
는 부담을 질 수는 없었다. 결과적으로 말하면, 우리 부부

는 2년째 편의점 위층에 살고 있다.

우리가 빌린 밭이 있는 '고음실 마을'은 30가구가 오밀조밀 모여 사는 작은 마을이다. 우리는 가능한 밭 가까이에 집을 구하고 싶었다. 마침 근처에 오며 가며 눈여겨본 붉은 벽돌집이 비어 있었다. 우리의 농사 선생님인 개구리 님의 친구 분이 집주인이라 내심 기대했건만 빌리지 못했다. 그곳에 살지는 않지만 농기구를 보관하는 농막으로 쓰고 싶어 하셨기 때문이다.

그러다 얼마 뒤, 옆 마을에 빈집이 있다는 소식을 들었다. 우리는 너무 기뻐서 한달음에 그곳을 찾아갔다. 한옥에 시멘트와 슬레이트 지붕을 덧댄 오래된 집이었다. 얼마나 오랫동안 사람이 살지 않았는지 벽이 무너질 듯 위태롭게 기울어 있었다. 만약 살게 된다면 여기저기 수리할 곳이 꽤 많아 보였다. 그렇지만 마당 앞에 있는 커다란 뽕나무와 작은 개울, 집 바로 옆에 딸린 300평 밭이 마음에 쏙들었다.

이곳에 홀로 살던 할머니가 돌아가신 뒤, 인근에 살며 집을 관리한다는 아들 분에게 연락을 취했다. 아저씨는 의외로 "빈집을 놔두면 집이 망가지니 들어가 사세요"라며 흔쾌히 말씀하시는 게 아닌가? 우리는 당장 집수리를 어떻게 할까 궁리하며 기대에 잔뜩 부풀었다.

하지만 한 달 뒤, 형님들과 의논해 보겠다던 아저씨에게서 아쉬운 소식을 들었다. 그냥 빈집인 채 두기로 했다고. 형제들이 가끔 묘소에 벌초하러 올 때 쉼터로 쓰기 때문이라고 하셨다. 몹시 미안해 하셨고 우리는 적잖이 실망했지만, 그분들의 입장도 이해할 수 있었다.

결국, 밭 근처에서 집을 구하는 건 포기하고 먼 거리까지 수소문하기 시작했다. 다른 마을에서도 빈집을 찾았지만, 집주인들은 임대가 아닌 매매를 원했다. 도시와 다르게 시골은 임대가 거의 없고 매매를 선호했다.

나중에 어느 마을 분으로부터 그 이유를 들을 수 있었다. "그 오래된 집을 세줘 봤자 몇 푼 받지도 못하는데, 뭐 해 달라고 하면 관리해 줘야지, 귀찮게 그걸 누가 하느냐"라는 것이다.

결국 우리는 밭에서 도보로 40분 거리에 있는 군부대 정문 앞 편의점 위층에서 시골살이를 시작했다. 이곳은 군부대가 많아 여느 시골에 비해 편의시설이 꽤 있는 편이다. 이 작은 마을에 편의점이 나란히 2개나 있을 정도다. 편의점 위층엔 군인이나 공사하는 분들이 단기로 투숙하는 원룸이 있었다. 도시와 다름없는 다가구 월셋집이지만, 집을 구할 수 있어서 그저 다행이라 여겼다.

그곳에서 1년간 살다가 바로 옆 건물에 저렴한 전셋집이 나와 이사했다. 경쟁 편의점 위층이었다. 그리고 지금까지 아침마다 새소리 대신 애국가를 들으며 살고 있다.

개와 고양이

따뜻한 말 한마디로 마음의 혹한기를 통과하듯

서로의 체온에 기대어 겨우 살아가는 존재들이 있다.

강원도 겨울을
나는 법

영하 20도. 강원도의 추위가 이 정도일 줄은 살아보기 전까지 몰랐다. 1월의 날씨는 매일 아침 영하 10도 밑을 찍는다. 더는 얼어 있는 스쿠터를 억지로 깨워가며 출근할 수 없다고 판단해 20분을 걸어 학교에 갔다.

그 길목 어귀에는 몸집이 큰 개 한 마리가 있다.

"왈, 왈, 왈!"

눈처럼 하얀 털을 가진 개는 매일 마주치는데도 참 사납게 짖어댄다. 잘 지내보고 싶은데 가까이 오지 말라고 경고하는 것 같아 때때로 서운할 정도다.

그러다 오늘 아침, 재미있는 광경을 목격했다. 아직해도 잠에서 깨지 않은 이른 시간이었다. 자는 모습이라도 보고 가려고 살그머니 들여다보니, 잔뜩 웅크린 몸 위에 웬 검은 털 뭉치가 올려져 있는 게 아닌가? 가만 보니 그건 고양이였다. 작은 고양이가 개 위에 웅크린 채 자고 있는 모습이 한없이 사랑스러웠다.

'아무리 털이 많아도 너희들 역시 추운가 보구나.' 때마침, 인기척에 잠을 깬 개와 눈이 마주쳤다. 까만 눈동자는 나를 보고 있었지만 벌떡 일어나지 못한 채, "헛, 헛, 헛" 하고 나지막이 헛기침만 해댈 뿐이었다. 고양이가 깰까 봐 차마 시원하게 짖지 못하는 눈치였다. 그토록 사납던 개가 이번엔 나를 위협하지 못하니 어쩐지 기분이 유쾌했다.

곤히 잠든 상대방을 배려하는 모습이 사람과 다르지 않았다. 친구를 배려하는 마음을 만나니 살을 에는 추위가 좀 누그러지는 듯했다.

"겨울은 겨우 산다고 해서 겨울이래."

얼마 전 친구가 해준 말이 떠올랐다. 따뜻한 말 한마

디로 마음의 혹한기를 통과하듯 서로의 체온에 기대어 겨우 살아가는 존재들이 있다. 시린 밤사이 얼지 않도록 서로의 곁을 지켜주는 존재가 필요한 것은 사람만이 아니었다.

미꾸라지 잡기

수렵부터 요리까지 전 과정을 경험하고서야

비로소 느낄 수 있는 깊은 맛이 있었다.

음식을 온전히
먹는다는 것

기다리던 농한기가 왔다. 봄부터 가을까지 허겁지겁 농사짓다가, 어찌해 볼 도리가 없는 겨울이 되어서야 한숨 크게 돌린다. 매주 만나 농사 공부를 하는 이웃들과 긴긴 겨울을 어떻게 보낼지 이야기 나누었다. 그러다 "이제 재미난 놀이도 해 보자"라는 제안이 나왔다.

여러 놀이 중에 내 귀가 쫑긋했던 건, 논바닥에서 미꾸라지 잡기였다. '곤히 겨울잠 자던 미꾸라지를 깨워 잡아먹다니 너무 잔인한 거 아닌가' 하고 잠시 망설이기도 했지만, 숨어 있던 나의 수렵 본능은 이미 기지개를 켜고 있었다.

사실 참참과 나는 채식을 한다. 공장식 축산으로 인한 여러 문제의 심각성을 깨닫고 채식 위주의 식사를 하게 된 것이다. 하지만 재래 방식으로 가축을 키우고 직접 제 손으로 고기를 얻는 방법은 괜찮다고 생각한다. 밥상의 음식들이 어디에서 어떻게 생겨나는 것인지 분명히 안다면, 환경 파괴를 막을 수 있을 뿐만 아니라 우리의 생명 감수성도 높아지리라 믿는다.

몇 주 뒤, 장갑과 장화를 챙겨 논으로 가니, 개구리 님이 먼저 도착해 버드나무 아래에서 준비를 하고 계셨다. 논 위의 얼음을 깡깡 두들겨 깨면 그 아래 물이 흘렀다.

미꾸라지를 잡는 방법은 매우 단순하다. 물 속에 조심스레 족대(물고기를 잡는 데 쓰는 도구의 하나로 양쪽 끝에 대나무가 달려 있고 가운데 그물이 처져 있다)를 넣어 살살 휘저은 다음 논바닥에 뒤집어놓으며 '탁!' 하고 털어낸다. 쪼그리고 앉아 딸려온 진흙 덩어리를 자세히 살펴보면 꾸물꾸물대는 것이 있다. '앗, 미꾸라지!'가 아니고 길쭉한 잠자리 애벌레다.

그 옆으로 어릴 적 자연과학 시간에 배운 물방개, 물자라, 장구애비 등 실망스러운 벌레들만 잔뜩이다. 얘들도 겨울잠을 자고 있었던 건지, 뭍으로 잡혀 나왔는데도 잽싸게 달아나지 않고 굼뜨기만 하다. 아니면 너무 추워서 잘 움직이지 못하는 걸까? 미안한 마음에 손으로 하나씩 집어 다시 논으로 돌려보냈다. 간혹 보이는 미꾸라지만 빼고.

잠시 뒤 이웃인 소금쟁이 님과 아이들도 놀러왔다. 아이들은 신이 나서 추운 것도 잊고 맨손으로 잘도 놀았다. 주머니에서 손을 빼면 손이 금세 시뻘개질만큼 추위가 사나운 날이었다. 얼음만 깨면 미꾸라지가 바글바글할 줄 알았는데, 벌레를 제자리로 돌려놓는 일이 더 바쁘다. 결국 장소를 옮겨 얼음을 깨기로 했지만 아쉽게도 나는 아르바이트 갈 시간이 되었다.

잠깐 일을 보고 돌아가 보니 웬걸, 벌써 자리를 정리하고 있었다. 무슨 일인가 했더니 개구리 님네 논가 연못에 미꾸라지가 천지더란다. 농약과 제초제를 치지 않아서인지 족대가 한 번 지나가면 열댓 마리씩 걸려들었다고. 오늘 저

녁 한끼 먹을 만큼 충분히 잡았으니 이만 끝내자는 것이었다. 미꾸라지 수십 마리가 시원하게 걸려드는 장면을 놓친게 못내 아쉬웠다.

추위에 몸서리치며 잡은 미꾸라지들이 깡통 속에서 꿈틀거렸다.

'자, 이제 어떻게 먹을까?'

미꾸라지 요리 하면 보통 두 가지 방법이 떠오른다. 통째로 튀겨 먹거나, 갈아서 탕으로 먹거나. 소금쟁이 님과 고민 끝에 된장 풀어 추어탕을 만들기로 했다.

우선 굵은 소금을 쳐서 미꾸라지를 해감해야 하는데, 그 과정은 결코 기분 좋은 일이 아니었다. 소금이 피부에 닿자마자 거품을 물고 몸부림치는 미꾸라지들을 봐야하기 때문이다. 소리 없는 아우성을 끝까지 지켜보면서 입속으로 '미안하다 고맙다'는 말을 몇 번이고 되뇌었다.

요리는 계속되고, 끈적임이 사라질 때까지 흐르는 물에 씻어낸다. 불에 올려둔 다시물이 팔팔 끓으면 해감한 미꾸라지를 넣고 푹 익힌다. 그다음에 믹서로 갈고 체에 걸러 뼈를 골라내야 하는데 아뿔싸, 체의 구멍이 너무 촘촘

해 살코기까지 걸렀다. 우여곡절 끝에 고추장과 된장으로 간을 맞춘 맑은 추어탕이 완성되었다.

어른들은 식탁 위에 따로 올린 살코기를 떠먹었다. 뼈가 섞여 있어 식감이 별로 좋진 않았지만 꼭꼭 씹어 남김 없이 다 먹었다. 미안한 만큼 오롯이 몸에 흡수시켰다. 살기 위해 다른 생명을 취해야 한다면 최고로 맛있게 요리해서 온전히 먹어야 한다고 생각한다. 비록 최고라 부를 만큼은 아니었지만, 이번에도 최선으로 요리해 충분히 맛있게 먹었다.

미꾸라지의 움직임이 둔해지는 겨울에 맛볼 수 있는 추어탕. 번거로운 과정과 호된 추위를 이겨내며 수렵부터 요리까지 전 과정을 경험하고서야 비로소 느낄 수 있는 깊은 맛이 있었다. 그러나 그 깊이 속에는 고통스럽게 요동치던 생명이 있어 과연 내년에도 해 먹을지는 모르겠다.

겨울 꽃다발

소란스러운 여름에서 막 돌아온 친구에게

겨울의 고요를 선물했다.

겨울의 고요를
선물하다

따뜻한 나라 필리핀에서 3개월간 살다 온 친구가 전시회를 열었다. 그의 전시 오프닝에 초대받은 나는 반갑고 고마운 마음을 전하고 싶었다. 단번에 떠오른 것은 꽃이었다. 진부하긴 해도 내겐 늘 기분이 화사해지는 선물이다. 하지만 이 겨울에 꽃다발이라니, 괜찮을까?

아르바이트가 끝난 아침 9시. 하얀 입김이 흩어지는 공기를 가르며 집으로 향하는 길, 내 눈은 무거운 함박눈에도 스러지지 않은 식물을 찾았다. 한겨울에 식물이라니,

반신반의하던 중 놀랍게도 생각보다 쉽게 꽃을 발견했다.

먼저 일터인 초등학교에서 운영하는 텃밭 가장자리에서 백일홍을 찾았다. 여름부터 가을까지 빨강, 노랑, 분홍으로 진한 열정을 보여주었던 백일홍은 겨울 찬바람에 가벼운 아이보리색이 되어 있었다. 꽃잎을 그대로 품은 채 형태를 온전히 간직하고 있어 놀라웠다.

언제 가야 할지 모른 채 불현듯 서리 맞아버린 꽃과 풀도 줄줄이 발견했다. 백구처럼 하얀 강아지풀, 어느 농부가 미처 수확하지 못한 밭 귀퉁이의 귀리, 동그란 씨방만 달린 냉이, 길고 풍성하게 뻗은 쑥꽃, 그 외에도 이름 모를 갖가지 풀들이 있었다.

'참 신비롭구나' 되뇌며 하나씩 툭, 줄기를 꺾었다. 겨울의 입김에 급속도로 얼어붙은 냉동식물들은 대개 잘 끊어졌다. 그 머리 위에 내려앉은 서리를 톡톡 털어 가방 앞주머니에 넣었다. 집에 도착해 책상 위에 식물들을 늘어놓고 요리조리 배치해 보며 한 손에 쏙 들어오는 작은 꽃다발을 만들었다.

모아놓고 보니 풀 하나하나는 제각기 미묘하게 다

른 색을 띠고 있었지만 하나같이 바래져 있었다. 뜨거운 태양과 변덕스러운 비바람을 온몸으로 견뎌낸 뒤, 잿빛 수수함만을 간직했던 겨울의 꽃. 소란스러운 여름에서 막 돌아온 친구에게 겨울의 고요를 선물했다. 빛바래고 차갑게 식었어도 꽃은 꽃, 그 자체로 충분히 아름답다.

나무숟가락 깎기

현금으로 대신하거나 물건을 사서 전하면

고민하고 준비하는 시간은 확 줄어들지만

마음 한편이 오랫동안 찌뿌둥하곤 했다.

아기를 위한
나무순가락

사각사각. 나무를 깎는다. 표면을 조금씩 깎아낼 때마다 소나무 향이 은은하게 날린다. 바삭바삭한 햇빛이 깃든 나무 향기는 언제나 기분을 좋게 한다.

시조카의 돌잔치 소식을 듣고 무엇을 선물하면 좋을지 고민했다. 현금으로 대신하거나 물건을 사서 전하면 고민하고 준비하는 시간은 확 줄어들지만 마음 한편이 오랫동안 찌뿌둥하곤 했다. 그래서 가능한 시간과 정성을 쏟아 곱게 만든 선물을 전하고 싶었다.

적절한 것을 찾기 위해 시누이의 SNS를 살폈고, 자기주도 이유식을 한다는 아기의 일상을 보고서 선물을 결정했다.

'플라스틱 재질보다 안전하고 부드러운 나무숟가락을 만들어주자!'

목수 친구의 도움으로 몇 번 만들어 본 경험이 있으니 그리 어려운 일은 아니었다.

이제 재료를 찾으러 나설 차례. 개구리 님 댁에서 옹이가 없고 부드러운 나뭇결을 가진 소나무 토막을 손쉽게 얻을 수 있었다. 추운 어느 날 아궁이 속에서 한 줌 재로 사라질 운명이었던 장작이 예쁜 숟가락으로 다시 태어날 거라 생각하니 두근거렸다.

집으로 돌아와 신문지를 깔고 앉았다. 필요한 도구는 끌과 망치, 연필, 섬세한 작업에 쓰는 접목도와 둥근 환도, 5개면 충분하다. 먼저 대강 윤곽을 잡아 끌과 망치로 나무를 평평하게 잘라낸다. 그다음에 연필로 스케치하고 선을 따라 조금씩 깎아나가면 된다.

슥슥. 나무가 물러서 칼날이 쉽게 지나간다. 사각사

각. 나무와 칼날이 만나는 소리만 들리는 고요한 시간이 평화롭기만 하다. 소나무 향에 취한 듯 몰입했던 두어 시간이 흘렀다. 크기가 작고 큰 힘을 주지 않아도 부드럽게 깎이니 금세 얼추 숟가락 모양이 나왔다.

혹여나 사용하다가 거슬리는 부분이 없도록 여러 번 사포질해 표면을 매끄럽게 했다. 가루가 날리는 까닭에 바깥 추위를 견뎌가며 한두 시간 정도 더 다듬었다. 마지막으로 들기름을 바르고 말리기를 반복해 들깨 향을 입힌 아기 숟가락을 완성했다.

내 손으로 직접 만든 물건은 어찌나 예쁘고 사랑스러운지. 위에서 보고, 옆에서 보고, 돌려가며 보고, 사진 찍어서 또 보고 자꾸만 눈길이 갔다. 시누이와 조카도 좋아할까나 생각하며 밥 떠먹는 시늉을 하던 중, 불현듯 불길한 기운이 스친다. 뭘까, 이 느낌은.

손 안의 숟가락은 마치 깃털을 쥔 듯 가벼웠다. 가볍다는 건 밀도가 낮다는 것. 손톱으로 눌러보면 자국이 남을 만큼 소나무는 무르다. 재료의 그런 성질을 이미 알고 있었음에도 사용할 때 생길 수 있는 문제에 대해서는 미처 신경 쓰지 못했다.

　'설마, 아기가 숟가락을 잘근잘근 씹어버리는 건 아니겠지?'

　애지중지 만든 선물이 그리 오래가지 않을 수도 있다는 불길한 예감이 들었다. 그 예감은 곧 며칠 뒤 열린 돌잔치에서 예측 가능한 미래로 바뀌었다. 이모가 떠먹여주는 밥숟가락을 장난스레 앙 물고 놔주지 않는 아기를 보면서, 이유식 숟가락은 좀 더 단단한 나무로 만들자는 배움을 얻었다.

윷놀이

방안에서 옹기종기 모여

한 손에 콩 네 조각을 쥐고 노는 조상님들의 모습을 상상하면

왠지 아기자기하고 귀엽다.

이런 게 인생의 낙

"낙이요 낙! 인생은 역시 낙이지!"

내가 윷을 던질 차례인데 상대편인 남편 참참이 한껏 약을 올린다. 그런 말에 아랑곳할쏘냐 던져보는데, 에라 낙이다.

결혼하고 두 번째 맞는 설. 강릉 시집에 다녀온 뒤 유랑농악단 친구들을 만나 윷놀이를 했다. 한 친구가 명절 음식을 나눠 먹자며 새 보금자리에 초대한 것이다. 각자의 집에서 바리바리 싸온 기름진 음식들을 배불리 먹고 윷놀이를 하기로 했다. 전통적으로 정월 초하루인 설날부터 대보름까지 즐겼다는 윷놀이. 딱 이맘때 하는 놀이다.

그런데 제일 중요한 윷가락이 없었다. 방 한편에 걸려 있던 나뭇가지를 자르자는 둥 나무젓가락으로 만들자는 둥 집안 살림이 하나씩 사라질 참, 문득 은행알이 눈에 들어왔다. 앞으로 보나 뒤로 보나 동글동글하고 단단하니 윷알에 제격이었다. 한쪽 면에 X자 표시를 하는 것만으로 윷이 뚝딱 만들어졌다.

옛날에는 이와 비슷한 모양의 살구씨로 만든 살구윷, 콩 두 알을 반으로 쪼개 만든 콩윷도 많이 쓰였다고 한다. 방안에서 옹기종기 모여 한 손에 콩 네 조각을 쥐고 노는 조상님들의 모습을 상상하면 왠지 아기자기하고 귀엽다.

이렇게 조그만 윷알이 있는가 하면, 어느 지방에선 장작으로 커다란 윷을 만들어 한아름 껴안듯 잡아 던지고 놀았다 전해진다. 지역마다 다른 놀이의 특색이 흥미롭고 재밌기만 한데, 어째서 지금은 한두 가지 방식으로만 이어지고 있는 건지 아쉽다.

우리는 농악 전수를 다녀왔던 전라도 해남의 방식을 따라 '종재기' 은행윷을 사용했다. 해남에서는 종재기(작은 그릇을 뜻하는 '종지'의 방언)에 엄지손가락만 한 나무윷을 넣어 종재기와 함께 휙 던지는데, 이때 자리의 절반에 그어진 선을 기준 삼아 상대편 쪽으로 넘겨야 한다. 만일 윷이 선을 넘지 못하면 밖으로 나간 것과 같이 낙으로 간주하고 무효로 친다.

뜨듯하게 데워진 방바닥에 자리를 깔고 번갈아가며 조심조심 은행을 날려 본다. 투두둑. 앙증맞은 윷알이 데굴데굴 잘도 구르는 탓에 자꾸만 자리를 벗어난다. 규칙은 아주 단순하지만 역전의 쫄깃함이 있어 끝까지 긴장을 놓을 수 없다. 승부수를 건다고 휘이 큰 동작으로 던졌다간 낙으로 낭패를 보기 일쑤.

연속 세 판을 모두 지는 바람에 내 판돈은 잃었지만, 남의 편에 남편이 있어 다행히 경제공동체적으로 본전은 건졌다. 낙(落) 때문에 종종 간이 쪼그라들었어도 이렇게 한데 모여 와글와글 떠들고 놀이하는 시간 또한 인생의 낙(樂)이겠지.

새해 명절 끝자락, 가족 같은 친구들 덕분에 푸지게 먹고 웃으며 마음 품이 제법 낙낙해졌다.

들깨 토란국

뽀얀 육수 위에 토란이 둥둥 달처럼 떠올랐을 때

눈송이 흩날리듯 들깻가루를 뿌려주면

구수한 토란국이 완성된다.

한겨울에 먹는
따뜻한 식량

아침이면 시린 공기가 코끝을 감싸며 잠을 깨운다. 이불 밖으로 나가기가 두려워 한껏 웅크리다 허기진 배를 어쩌지 못하고 겨우 몸을 일으킨다. 방안엔 한기가 맴돌고 있다. 체온을 다 빼앗길까 서둘러 두툼한 양말과 덧옷을 찾아 입는다. 오늘은 뭘 해 먹지? 냉동 음식과 마른 음식 사이에서 고민한다.

'영하의 날씨엔 아무래도 따뜻한 국물이 필요해.'

복도에 놓아둔 종이상자에서 토란 몇 알을 꺼냈다.

사실 이 토란은 밭 가장자리에 관상용으로 심어두었던 거다. 열대식물인 '알로카시아'가 인테리어용으로 유행하던 때가 있었다. 집 안에 하나만 놓아도 존재감을 과시하는 그 식물은 한동안 나의 로망이었다. 그러나 여러 이유로 차일피일 미루다 집에 들이지 못한 채 시골에 오게 되었고 대신 생김새가 비슷한 토란을 심고서 만족했다.

　　토란은 4월에 심으면 서리가 내리는 10월 말까지 잎사귀를 볼 수 있는데, 비가 오면 우산으로 쓸 수 있을 만큼 잎이 크고 넓다. 외국에서 수입하는 식물과 달리 값이 저렴한 데다 먹을 수도 있으니 더 좋다. 한여름 내내 그늘을 만드는 커다란 잎은 보기만 해도 시원했고 그 아래 감추어진 식량에 대한 기대감은 커져만 갔다.

　　서리 맞기 전이라면 줄기를 잘라 껍질을 벗기고 말려 육개장에 넣어 먹을 수도 있지만, 나는 잎이 다 스러지고 난 뒤 겨우 뿌리만 캤다. 그래도 물이 흐르는 도랑에 심은 것들은 애기 주먹만 한 토란이 제법 달려 있었다. 흙을 잘 털어내고 햇빛에 보송보송하게 말려서 그늘진 곳에 잘만 보관하면 겨우내 먹을 수 있다.

토란국은 요리 기술이랄 것도 없이 몇 가지 재료만으로 뚝딱 만들 수 있어 내게는 최고의 겨울 음식이다. 뽀얀 육수 위에 토란이 둥둥 달처럼 떠올랐을 때 눈송이 흩날리듯 들깻가루를 뿌려주면 구수한 토란국이 완성된다. 잘 익은 토란은 감자와 비슷하면서도 약간 더 부드러운 식감과 함께 끈적한 느낌이 있다. 하지만 국으로 끓이면 끈적함은 국물에 녹아버려 거의 남지 않는다.

푹 끓이면 입안에서 사르르 녹아 온몸으로 따뜻하게 퍼져나가는 토란의 여정을 느낄 수 있다. 매서운 한파에도 훈훈하게 겨울을 잘 나게 해주는 고맙고 든든한 식량이다.

recipe
들깨
토란국

· 재료 ·

토란 다섯 알, 쌀뜨물, 다시마 한 장, 간장 한 스푼,
소금 약간, 들깻가루 적당히.

1. 끓는 물에 토란을 넣어 3분 정도 데친다.
2. 체에 받쳐 꺼낸 토란을 찬물에 식히면 맨손으로도 껍질을
   아주 쉽게 벗길 수 있다.
3. 쌀뜨물에 다시마를 넣고 끓여서 육수를 만든다.
4. 한입 크기로 자른 토란을 넣고 푹 익힌다.
5. 간을 맞춘다. 간장 한 스푼을 넣고 나머지는 소금으로 맞춘
   다. 이때 파를 넣어도 좋다.
6. 마지막으로 들깻가루를 취향껏 넣어 조금 더 끓이면 완성!

해남 전수

춤을 잘 추든 못 추든 상관없이

어떤 춤이라도 그 안에선 고유한 표현이 된다.

웃음이 절로 나는
덩실덩실 굿판

시골에 사는 동안 내게 든든한 울타리가 되어준 이웃들이 있다. 자연농 짓는 고음실 마을 이웃들, 언니네텃밭 언니들, 그리고 '유랑농악단'이다.

농사를 짓고 보니 내 뜻대로 되지 않는 하늘을 향해 절로 기도하게 된다. 그럴 때 혼자서 마음으로 빌기보다는 여러 사람과 흥겨울 방법이 있으면 좋을 것 같았다. 그러다 문득 떠오른 것이 풍물이다.

풍물의 매력을 물씬 느끼게 해준 유랑농악단을 처

음 만난 건 4년 전. 고개를 치켜들면 잘라낸 손톱 같은 달이 반짝이던 성북동의 낡은 한옥에서였다. 서울에서 거의 다 쓰러져가는 옛날 목공소를 만난 것도 신기한 일인데, 그 케케묵은 폐가를 직접 손보고 앉아 있는 십수 명의 젊은이들은 더 신기했다.

그곳에는 이들이 만든 아기자기한 나무숟가락과 도자기 등이 전시되어 있었고, 단발머리 남자가 부채를 휘두르며 판소리를 하는가 싶더니, 또 다른 이들은 네모난 모양의 조금 특이한 기타를 연주하며 공간을 채웠다. 그날은 다양한 손 기술을 가진 이들의 아지트 '종점목공소'가 문을 여는 날이었다. "분명 너도 좋아할 거야"라는 친구의 말을 믿고 무작정 따라왔는데, 사람들이 어찌나 즐겁게 놀던지 첫눈에 그들에게 반해버렸다.

얼마 뒤 친구가 올린 영상 속에서, 이들을 또 보았다. 잔치에 앞서 언덕 아래에서부터 골목길을 따라 꽹과리와 북, 장구를 치며 목공소까지 걷고 있었다.

'지금도 풍물을 하는 사람들이 있구나.'

나로서는 낯설고 신기하기만 한데 어느덧 모인 주민

들은 익숙한 듯 박수치며 함께 춤을 추는 게 아닌가!

그곳에는 내가 고루하다 여겼던 풍물이 아니라 사람들이 자연스레 어울려 즐기는 풍물이 있었다. 나중에야 이것이 본 고사를 지내는 곳까지 행진하며 동네방네 알리는 '길놀이'라는 걸 알았다. 그들을 통해 무언가를 염원하는 오래된 놀이를 만난 뒤, 나 역시 지금은 그 일부가 되어 함께 풍물을 하고 있다.

유랑농악단에서 만든 농악학교를 졸업하며 6박 7일간 해남으로 전수를 다녀왔다. 그곳에서 나는 악기를 익히고 굿에 대해 배웠다. 특히 선생님이 들려주신 굿에 관한 해석이 오랫동안 잊히질 않았다.

"집을 지을 때, 재료 하나하나에 깃든 영혼의 관계 맺음으로 집이 완성되듯이, 굿에는 이 땅의 영혼들이 서려 있어요."

이건 대체 무슨 뜻일까? 굿거리장단에 들썩이는 할머니들의 손끝, 발꿈치를 바라보면 바람에 나부끼듯이 자연스럽다. 우리가 연주하는 가락과 악기는 모두 자연에서 왔다고 한다. 나무가 바람에 흔들리는 소리, 땅의 진동 같은 것들이 악기로 표현되고 사람의 목소리는 그 악기를 흉내낸다. 선생님의 이런 말씀을 듣다 보니 문득 어떤 일이 떠올랐다.

한번은 운전하며 민요를 듣고 있었는데 아무리 귀를 쫑긋 세워도 도통 무슨 말인지 알아들을 수 없었다. 끄고 싶은 충동마저 일었다. 그런데 가사에 집중하던 신경을 끄고 가만 듣다 보니 노래하는 사람의 몸이 하나의 악기처럼 소리를 내고 있다는 느낌이 들었다. 나는 그제서야 민요를 편안하게 들을 수 있었다.

악기와 노래와 춤은 각각 분절되어 있는 것이 아니라 이 땅과 이 땅에 발 딛고 서 있는 이, 즉 자연과 사람의 관계를 유기적으로 연결하고 있다.

"굿을 할 때는 산, 바다, 강, 별, 바람, 자연을 몸으로 느끼며 하나가 돼요. 이런 관계들을 통해 나의 생명이 유지되고 있음을 알고 그 일부로서 함께 호흡해요. 이 모든 게 너 없이는 내가 없다는 걸 발견하는 과정인거죠."

이렇게 생태적이고 아름다운 굿을 미신이라는 편협한 언어로 가둔다면 서럽고 슬픈 일이다. 나는 풍물이 곧

굿이고, 굿은 예로부터 이어져 내려온 '간절히 기도하는 마음의 표현'이자 많은 이들과 즐겁게 교감할 수 있는 예술임을 깨달았다.

빨강, 노랑, 파랑, 삼색 띠가 흔들린다. 둥글게 돌면서 악기를 치다가 맞은편 친구와 눈이 마주치면 자꾸 웃음이 난다. 앞에서 빙글 한 바퀴 돌면 나도 빙글 돈다. 굽이굽이 앞사람의 발걸음을 따라 걷고 뛰는 사이, 몸에는 열이 오르고 얼굴엔 빨간 웃음꽃이 피어난다.

지켜보던 관객도 어느새 안으로 들어와 함께 따라 돌면서 원을 그린다. 멀뚱히 지켜보기만 할 때와 달리 덩실덩실 함께 춤을 추면 분명 신이 난다. 춤을 잘 추든 못 추든 상관없이 어떤 춤이라도 그 안에선 고유한 표현이 된다. 더 많은 사람들이 할머니 할아버지처럼 어디서든 춤추고 놀았으면 좋겠다. 그렇게 자연으로 빚은 우리 고유의 명맥을 이어가며 함께 뛰노는 굿판을 짜고 싶다.

유쾌한 사람들 덕분에 별 거 아닌 일에도 웃음이 끊이질 않았던 전수. 그날들이 즐겁고 풍물놀이가 신나는 건 결국 좋은 사람들과 함께이기 때문일 테다.

그릇 되살리기

균열을 숨기기는커녕 화려하게 드러내다니.

깨진 도자기라고 소문내는 격인데,

오히려 그 솔직함과 당당함이 멋져 보였다.

오래 두고
쓰는 살림

"난 진짜 구제불능이야. 그냥 스테인리스나 써야 돼,
나 같은 놈은."

참참에게서 온 문자 메시지. 또 그릇을 깨뜨렸나 보
다. 벌써 4개째다. 식기로 무조건 손맛이 나는 도자기만 고
집하는 나를 만나 자주 미끄러지는 손을 어찌할 줄 모르
고 산다. 그때마다 자괴감에 허우적거리는 그를 더 이상 나
무랄 수는 없었다. 그저 깨지고 이가 빠진 그릇들을 찬장
안쪽에 모아둘 수밖에. 이렇게 쓸모없어진 도자기 컬렉션

이 날로 늘어갔다.

나는 어떤 물건을 집에 들일 때 많은 시간 고민하는 편이다. 쇼핑할 때 값도 중요하지만, 나름 소중한 가치 기준을 정해 두고 정성스럽게 선택한다. 오래 쓸 수 있을 만큼 튼튼하고 실용적인지, 지구에 흔적을 남기지 않는 재료인지, 미적으로 마음에 쏙 들어서 두고두고 함께하고 싶은지, 이 세 가지 조건을 꼼꼼히 따져본다. 그렇게 살림살이 하나하나가 짧게는 며칠부터 길게는 1년까지 고민 끝에 취한 것들이라 귀하디귀하다. 이러니 컵이 깨졌다 해도 쉽게 버릴 수 없었다.

하지만 모든 물건은 쓰다 보면 세월의 흔적이 남는다. 구멍이 나거나 바래거나 닳거나 깨지거나 금이 간다. 그것들을 수리해서 이어 쓴다면, 새로이 만드는 기술을 어렵사리 익히지 않아도 된다는 걸 깨달았다. 무에서 유를 창조하는 건 힘들지만, 유의 생명을 연장시키는건 보다 가볍게 할 수 있을 것 같았다. 그래서 요새는 '되살리는 기술'에 더 큰 관심이 생겼다.

내가 좋아하는 한 일본 드라마에서 깨진 물그릇을

이어붙이는 장면을 보았다. 옻칠로 깨진 조각을 단단히 붙이고 금칠이나 은칠로 마무리하는 '긴츠키'라는 기법이다. 균열을 숨기기는커녕 화려하게 드러내다니. 깨진 도자기라고 소문내는 격인데, 오히려 그 솔직함과 당당함이 멋져 보였다. 망가진 부분도 물건에 새겨진 역사로 받아들이고 고유의 아름다움으로 승화시킨다. 이 방법으로 깨진 그릇들을 되살릴 수 있다 생각하니 가슴이 설렜다.

　　이후 나전칠기를 배운 친구가 재미난 프로젝트를 시작했다. 이름하여 '수리수리 그릇 수리!' 나는 옳거니 하고 그곳에 조각들을 맡겼는데 두 달 뒤, 정말 마법 같은 일이 벌어졌다. 금이 갔던 자리에 금빛 꽃이 피어 있었던 거다. 어두운 찬장 안에 웅크리고만 있던 조각들이 이 세상 하나밖에 없는 컵으로 다시 태어났다. 예뻐서 자꾸 바라보고 손끝으로 매만지게 된다.

　　이제는 남편이 그릇을 암만 떨어뜨려도 이전처럼 크게 속상하지 않다.

　　'산산조각이 나면 산산조각을 얻을 수 있지.'

　　정호승 시인의 시 구절에 덧붙여 나는 이렇게 말하

고 싶다.

'그리고 산산조각은 다시 붙여서 쓸 수 있지!'

봄

지구학교

이곳에서는 서로 본명을 부르는 대신

각자가 선택한 다른 생명체의 이름으로 부른다.

지구만큼
커다란 마을

　　개구리, 공벌레, 도토리, 모래무지, 무당벌레, 소금쟁이, 올빼미. 이들은 고음실 마을에서 함께 농사짓는 이웃들로 동물이 아닌 사람이다. 각자의 별명으로 이다지 멋지지도 않고 흔한 동식물의 이름을 붙인 데는 특별한 이유가 있다.

　　우리가 서로 처음 만난 건 '지구학교'에서다. 홍천 고음실 마을 가장 깊은 골짜기에 자리한 이곳은 개구리, 소금쟁이, 승비 가족의 논밭을 교재 삼아 한 해 동안 자연농을 배우는 곳이다. 지구학교에서는 본명을 부르는 대신 각자가 선택한 다른 생명체의 이름으로 서로를 부른다. 인간 중심적인 사고에서 벗어나 작은 생명체의 눈으로 세상을 바라보자는 제안이다.

처음 자연농법을 알게 된 건 다큐멘터리 영화 〈자연농Final Straw〉을 보고서다. 자연농은 흙속 미생물의 세계를 존중하여 땅을 갈아엎지 않고, 풀과 벌레와 싸우지 않는 농사법이다. 나는 농부님들이 논밭의 생명을 평화의 방식으로 대하는 태도에 감동받았다. 당시 귀촌을 고민하던 우리 부부는 농사를 짓게 된다면 꼭 자연농 방식으로 지으리라 마음먹었다. 그렇게 우리는 영화 속에 등장했던 농부 개구리 님을 실제로 만나고 이곳 홍천으로 흘러들어왔다.

그러나 자연농을 빙자한 방치농을 지어, 점점 정글이 되어가는 우리 밭을 보다 못한 개구리 님의 제안으로 지구학교 심화 과정이 만들어졌다. 매주 월요일이면 이웃들과 농막에 모여 서로의 밭을 둘러보며 지금은 무엇을 심어야 하는지, 어떻게 갈무리해야 하는지 등 농사를 좀 더 세세하게 배운다. 우왕좌왕하던 초짜 농부들에겐 무척 감사한 일이다.

그러다 점점 농사뿐 아니라 이런저런 사는 이야기를 나누고, 때론 고충을 털어놓고, 마을이나 지구학교와 관련된 일을 논의하는 장으로 확장되었다. 매주 만나다 보니 농한기인 겨울에도 서로의 안부가 궁금해서 모임이 끊이지 않아, 그렇게 거의 2년째 이어졌다. 나는 이 모임을 통해 아르바이트를 구했고, 뜨끈한 온돌방에서 군밤을 까먹으며 멧돼지 문제로 머리를 맞대거나, 미꾸라지를 잡아 추어탕을 만들어 먹었다.

최근에는 글 쓰는 일을 하고 싶은 네 명이 따로 글쓰기 소모임도 만들었다. 각자 자유롭게 한 편씩 써오면 다른 이의 글을 소리 내어 읽고 간단히 의견을 나누는 방식이다. 이것만으로도 어려운 글쓰기를 꾸준히 지속할 수 있는 힘이 솟았다.

또, 그림책 작가인 도토리가 매주 한 권씩 그림책을 선정하여 읽어주는 시간도 생겼다. 다 큰 어른들이 옹기종기 모여 앉아 눈을 반짝이며 그림책을 바라보는 모습을 옆에서 보고 있으면 어쩐지 호기심 많은 아이를 보는 것처럼 흐뭇하다.

가끔은 개구리의 손님이 찾아와 우리에게 흥미로운 이야기를 들려주곤 했다. 우즈베키스탄에서 고려인을 만나 영감을 받은 음악가, 인도의 생태마을 오로빌에서 살아가는 분, 홈스쿨링을 하는 가족 등이 일상에서 쉽게 접할 수 없는 진귀한 이야기를 나눠주었다.

간단한 워크숍을 진행하기도 했는데, 전 세계를 여행하는 분께 마사지 수업을 듣는가 하면, 다큐 〈자연농〉을 만든 예술가 커플에게 우리 주변의 식물을 채집하여 만다라 만드는 방법을 배우기도 했다.

작은 시골 마을에서 우리는 다양한 세계를 간접적으로 경험할 수 있었다. 녹음 짙은 숲속 잎사귀 사이로 반짝이는, 빛과 같은 선물이었다.

정월대보름

매년 정월대보름 전날이면

집으로 돌아가지 못한 채 떠도는

영혼들을 먹이고 달래는 굿판을 벌인다.

영혼을 먹이고
달래는 굿판

"잠시 후 4시부터 헌식굿이 있을 예정입니다. 모두
마을회관으로 모여주시기 바랍니다."

확성기에서 이장님의 목소리가 흘러나왔다.

"깨갱-깽."

꽹과리 신호가 공기를 가르자 고깔모자를 쓴 어르
신들이 악기를 둘러메고 앞마당에 모였다. 규모는 조촐하
지만 마을 전통을 이어가기 위해 오로지 마을 분들로만 구
성된 멋진 굿패다. 조금 있으니 마을 사람들도 하나둘 모여

들었다.

　　'이제 시작이구나!'

　　콩닥콩닥 가슴이 뛰었다. 행진 장단을 치며 걸음을
옮기는 굿패를 따라 신이 난 강아지마냥 쫄래쫄래 길을 나
섰다. 굽이굽이 흙길을 춤추며 걷다 당산(수호신이 있는 마을
가까이의 산이나 언덕) 앞에 멈춰 서서 신께 인사를 드렸다. 다
시 뒤돌아 가다 발길이 멈춘 곳에 바다가 있었다.

　　바다는 사람에게 풍요를 가져다주지만 무섭게 돌변
해 목숨을 앗아가기도 한다. 해안으로 시신이 떠밀려 오면
예로부터 이 바닷가 마을 사람들은 이름도 모르는 그 몸
을 거두어 고이 장례를 치러주었다고 한다. 그리고 매년 정
월대보름 전날이면 집으로 돌아가지 못한 채 떠도는 영혼
들을 먹이고 달래는 굿판을 벌인다. 이 다정하고 아름다
운 마음씨를 보기 위해 유랑농악단 친구들과 해남을 다시
찾았다.

　　"우리도 빨리 상 차려야 해!"

　　모래 갯벌 위엔 이미 커다란 대야가 나란히 놓여 있
었다. 그 속에는 집집마다 새벽부터, 아니 며칠 전부터 정성

스럽게 마련한 음식이 가득했다. 우리는 부랴부랴 가장자리에 자리를 깔고 어르신들의 입맛을 고려해 준비한 나물, 과일, 과자, 빵, 막걸리 등을 내놓았다. 그러는 동안 굿패는 대야 주위를 돌며 굿을 치고 있었다. 몇몇 친구가 그 뒤에 따라붙어 소고춤을 추었는데 제법 어울리는 모습이 어찌나 사랑스럽던지.

곱게 한복을 차려입은 이장님이 마을 대표상 앞에서 제를 올리고, 제굿이 끝나면 고수레를 한다.

"거레(고수레) 하세요!"

이장님의 외침에 뒤에서 기다렸다는 듯 어르신들이 나오셔서 대야 앞에 쪼그리고 앉았다. 그러고는 미리 깔아 둔 지푸라기 위에 김 한 장을 놓고 여러 음식을 조금씩 떼어 올리셨다. 마치 지푸라기는 밥상이고 김은 접시 같다. 해가 지고 나면 바닷물이 밀려들어 와 이 밥상을 용왕님에게 가져다 드리고 배고픈 잡귀잡신도 먹일 것이다.

이로써 헌식굿이 끝나고 모두가 기다리던 시간이 왔다. 함께 고사 음식을 나눠 먹으며 복을 기원하는 음복의 시간. 생전 처음 보는 말벌튀김부터 꼬막, 생선찜, 굴국, 문어숙회 등등. 강원도 산골에서는 좀체 맛볼 수 없는 밥상에 눈이 휘둥그레졌다.

그 가운데 '해우밥'이라 불리는 별미가 가장 인상적이었다. 김 한 장에 찰밥을 몽땅 말아 만든 커다란 김밥이다. 아예 밥통째 가져와 해우밥을 말아주시는 분도 계셨다. 참 단순하고 투박한 음식이지만, 우리집 것도 먹어보라며 빈 손마다 쥐어주시는 마을 분들의 넉넉한 마음에 코끝이 쩡해졌다.

술과 맛있는 음식이 넘쳐나는 만큼 흥겨움이 파도쳤다. 바닷바람이 모질게 옷 속을 파고들어도 속에서부터 뜨뜻한 무언가가 올라와 온몸을 뎁혀주었다. 동현마을 사람들은 용왕님과 잡귀잡신뿐 아니라 수많은 구경꾼들도 배불리 먹이고 달랬다. 온 감각으로 맛본 온기를 야무지게 소화시켜, 우리가 사는 터전에서 우리의 굿을 일궈가고 싶다.

뱀밥덮밥

땅 위로 뭔가가 길쭉이 튀어나와 있는 걸 발견했다.

한두 개가 아니라 여기저기에 무더기로 있었다.

생김새가 마치 외계에서 온 것 같은 '뱀밥'이었다.

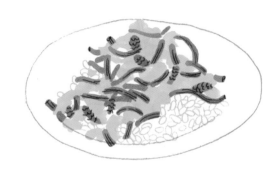

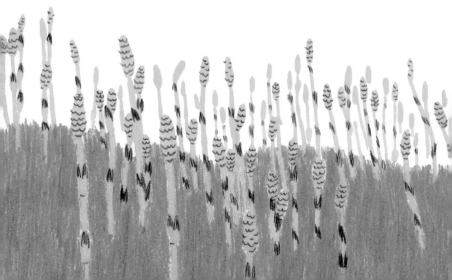

잡초로
요리해 볼까?

시골로 이사 온 뒤 이틀 내내 모든 끼니를 중식으로 해결하다 이러면 안 되겠다는 생각이 번쩍 들었다. 서울에서도 안 하던 외식을 이렇게 자주 하다니! 맛이라도 있으면 이사를 핑계 삼아 즐겼을 텐데 그렇지도 않고, 돈벌이가 없는 상태에서 지출만 늘어나는 것도 걱정스러웠다. 그러나 이사하면서 냉장고가 텅 빈 상태. 참참과 나는 반찬을 구하기 위해 지갑 대신 낫을 들고 밭으로 향했다.

봄이 왔으니 어디에서나 흔한 쑥이나 개망초를 구할

수 있을 줄 알았다. 그러나 4월 초의 홍천은 아직 너무 추웠다. 쭈욱 둘러봐도 먹을 만한 푸른잎은 보이지 않았다. 그러다 비탈진 논둑에 이르렀을 때, 땅 위로 뭔가가 길쭉이 튀어나와 있는 걸 발견했다. 한두 개가 아니라 여기저기에 무더기로 있었다. 생김새가 마치 외계에서 온 것 같은 '뱀밥'이었다.

연갈색의 뱀밥은 소가 잘 뜯어먹는다고 해서 붙여진 이름인 '쇠뜨기'의 생식줄기로 일종의 꽃이라 할 수 있다. 씨앗이 없는 대신 땅 위로 포자를 퍼트리고, 땅 밑으로는 땅속줄기를 뻗어나가며 왕성하게 번식한다. 그 땅속줄기가 어찌나 길게 뻗어 있는지, 서울에서 부산까지 이어져 있다는 말이 다 있을 정도다.

원자폭탄 피해로 폐허가 된 히로시마 땅에 가장 먼저 싹을 틔운 것도 바로 이 쇠뜨기라고 한다. 이다지도 생명력이 강한 만큼 농부에겐 징글징글한 '잡초'이기도 하다.

한국에서는 뱀밥을 먹지 않지만 일본에서는 꽤 인기가 있는 모양이다. 왜 먹지 않았을까 곰곰이 생각해 보았는데, 냉이나 달래처럼 먹을 수 있는 봄나물이 이미 많기 때문이 아닐까 싶다. 게다가 별로 매력적인 생김새도 아니어서 나 역시 처음에는 선뜻 내키지 않았다. 하지만 텅 빈 냉장고와 위장을 생각하면 선택의 여지가 없었다. 낯선 재료였지만 인터넷으로 검색하며 요리법을 연구했다.

뱀밥이 과연 어떤 식감일지 짐작조차 할 수 없는 상태에서 조금 긴장하며 맛을 보았다. 그런데 웬걸, 생각보다 맛있어서 깜짝 놀랐다. 아삭아삭한 식감이 숙주나물과 비슷하고 뭉툭한 머리 부분은 스펀지처럼 폭신했다. 줄기는 속이 비어 있어서 소스가 잘 배어들었다. 달짝지근한 간장소스가 제법 잘 어울렸고 여기에 생강을 조금 갈아 더해도 괜찮을 것 같다.

그런 반면, 재료를 손질할 때 까슬까슬한 마디 부분을 떼어내는 작업은 무척 손이 많이 갔다. 손가락도 새카매진다. 결정적으로 요리해 놓으면 숨이 죽으면서 양이 확 줄어든다. 수고한 것에 비해 초라할 만큼. 선조들이 왜 이 풀을 먹지 않았는지 알 것도 같다.

그럼에도 불구하고 난 이 음식에 푹 빠졌다. 채집하러 나선 길에 첫 번째로 만난 귀한 풀이기 때문이다. 이제는 봄이 오면 늘 뱀밥덮밥을 해 먹는다.

뱀밥
계란덮밥

• 주재료 •
뱀밥 한 줌, 달걀 1개, 소금 약간.

• 소스 재료 •
간장 한 숟가락, 설탕 한 숟가락, 다시 국물 반 숟가락,
미림 혹은 청주 한 숟가락.

1. 뱀밥 줄기에 있는 까만 마디 부분을 떼어낸다.
2. 깨끗이 씻어 끓는 소금물에 10초간 살짝 데친다.
3. 먹기 좋게 잘라 마른 프라이팬에 달달 볶는다.
4. 소스를 넣고 골고루 배도록 뒤적이며 볶는다.
5. 소스가 졸아들기 전에 달걀을 부어 함께 볶는다.
6. 달걀이 적당히 익으면 밥 위에 올려 먹는다.

씨앗이라는
우주

　　푸름푸름 봄이 왔다. 나무 위로 보일 듯 말 듯 새싹이 기지개를 켜니 마음이 설렌다. 또다시 내게 주어진 봄. 겨우내 웅크리고 있던 의욕도 연둣빛으로 피어난다. 슬슬 농사 준비를 해야지. 구석에 있던 씨앗 상자 위로 뽀얗게 쌓인 먼지를 털어냈다. 이 안에 농사의 시작이자 자급의 시작인 씨앗이 들어 있으니 내게는 이만한 보물상자가 따로 없다.

　　우선 씨앗 목록을 작성하기 위해 모두 꺼내 보았다.

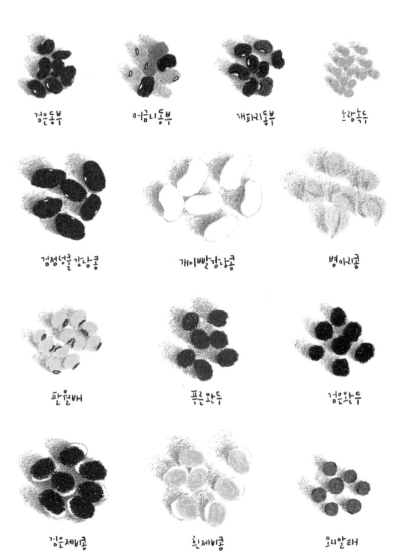

검은동부　　　어금니동부　　　개파리동부　　　노랑녹두

검정벌쿨강낭콩　　　개이빨강낭콩　　　병아리콩

팥울배　　　　푸른완두　　　　검은완두

검은제비콩　　　　흰제비콩　　　　오리알태

씨앗 상자

콩알을 한데 모아놓고 보니 형형색색 그 자태가 영롱하고 신비하다.

행성을 닮은 씨앗 안에는 어떤 우주가 들어 있을까?

콩 씨앗이 가장 많다. 여러 경로를 통해 조금씩 모았는데, 친구들이 농사지은 것도 있고 토종씨앗 나눔 모임에서 받아온 것들도 있어서 10여 종 가까이 된다. 엄마가 챙겨준 대형마트표 병아리콩도 안 먹고 남겨두었다.

이렇게 콩을 많이 모은 이유는 채식 밥상에 단백질을 보충하기 위해서다. 끼니를 꼬박 챙겨 먹으면서도 영양 성분은 의식하지 않던 어느 날, 문득 단백질을 별로 섭취하고 있지 않다는 걸 깨달았다. 그래서 요즘 쉬이 피로를 느끼고 몸 여기저기가 아팠던 걸지도 모르겠다.

지난해 심었던 콩은 하룻밤 새 고라니가 싹둑 먹어버린 바람에 단 한 톨도 수확하지 못해서 올해는 무조건 많이 심겠다고 마음먹었다. 콩알을 한데 모아놓고 보니 형형색색 그 자태가 영롱하고 신비하다. 행성을 닮은 씨앗 안에는 어떤 우주가 들어 있을까? 보기만 해도 마음이 흡족하다.

콩 외에도 여러 씨앗이 있는데 그 가운데는 친구가 태국에서 가져다준 대나무, 소프닛, 용안 씨앗도 있다. 따뜻한 기후에서 자라는 식물이라 홍천에선 어림도 없을 텐데 난 어째서 덥석 받아왔을까. 자급 농사는 최소한으로 짓고, 대신 저절로 나는 들풀을 채집해서 맛있게 요리하는 방법을 연구해야지 마음먹었더랬다. 하지만 씨앗은 아무리 많이 가져도 늘 욕심이 난다. 아직은 내 에너지가 얼마만큼 뻗칠 수 있는지 알아가는 과정에 있나 보다.

씨앗은 해가 갈수록 발아율이 점점 떨어지기 때문에 다음해 심지 못할 것 같으면 바로 나누는 게 좋다. 씨앗을 누군가에게 보낼 때면 택배보다는 우편을 이용한다. 씨앗을 담은 봉투 위에 마음에 드는 우표를 붙이고 우체통에 넣으면서 내가 경험한 풍요를 함께 부친다.

직접 농사지어 거뒀거나 나눔받은 씨앗 외에도 길에서 채집한 씨앗이 있다. 집과 밭을 오가며 보았던 마음에 드는 식물들의 위치를 잘 기억해 뒀다가 씨앗을 맺을 때가 되면 부지런히 가서 수집했다. 봄에 피는 하얀 민들레, 여름을 시원하게 만드는 파란 나팔꽃, 가을을 노을빛으로 물들이는 댑싸리가 그것이다.

먹을 수 있는 식물은 아니지만 아름다운 텃밭을 가꾸는 것 또한 중요하니까. 먹거리를 자급하는 일 만큼이

나 텃밭이라는 삶의 공간을 머물고 싶은 곳으로 만드는 데서도 큰 행복을 얻을 수 있으니 말이다. 만약 걷지 않고 다른 이동 수단으로 다녔더라면 발견하지 못했을 씨앗들. 보배 같은 두 다리가 귀한 씨앗을 만날 수 있도록 나를 이끌었다.

이 많은 씨앗들이 정글 같은 여름을 지나 그림자 길어지는 가을까지 나의 밭에 어떤 우주를 수놓을지 무척 기대된다.

아기 나무

이 어린나무가 부디 낯선 땅에 잘 뿌리내려

건강하고 튼튼하게 자라주기를.

나무와 함께 자라날 조카 또한 그러하기를.

나무를 심는 이유

5월의 어느 날, 동생에게 새 가족이 생겼다. 한달음에 달려가 축하하고 싶었지만 미안하게도 그러지 못했다. 대신 우리에게 와준 아기를 위해 특별한 선물을 하기로 했다. 마침 내겐 수고로울 시간이 충분히 있었다. 처음엔 아기에게 필요한 것을 만들어줄까 생각했는데, 필요한 건 동생이 이미 다 마련했을 것 같았다. 무엇이든 아이와 오랫동안 함께할 수 있는 것이면 좋겠다고 생각했다.

문득 옛날이야기가 떠올랐다. 예로부터 딸이 태어

나면 집 앞에 오동나무를, 아들이면 잣나무를 심었다고 한다. 시간이 흘러 딸이 결혼할 때가 되면 나무를 베어다 장롱을 짜서 혼수로 마련했다고. 오동나무는 마치 어린아이처럼 성장이 빨라서 심은 지 1년 만에 어른 키만큼 자란다고 한다. 조카가 훗날 결혼을 할지 안 할지는 모르겠지만, 평생 함께 커 가는 나무 친구가 있으면 든든하겠다 싶었다.

인터넷 검색으로 근처 산림조합에서 운영하는 나무 시장이 있다는 걸 알았다. 나는 당연히 꽃집이나 마트처럼 아무 때나 가서 나무를 살 수 있을 줄 알았는데, 완전 오산이었다. 묘목을 살 수 있는 기간은 1년 중 한 번, 홍천은 3월 중순부터 4월 말까지로 정해져 있었다. 게다가 오동나무 묘목은 취급하지도 않았다. 그러니까 조카의 나무를 구할 수가 없다는 것이다.

큰일났다. 아이디어는 좋았지만 실행하기엔 한참 늦어버렸다. 미리미리 준비하지 않은 걸 후회하면서 이웃들에게 전화를 돌렸다. 뭔가 뾰족한 수가 있을지도 모르니까. 어려움에 처할수록 동네방네 떠들라고 한 개구리 님의 말은 옳았다.

"우리집에 얼마 전 누가 준 사과나무가 있는데 한 그루 가져갈래?"

언제나 그랬듯 이번에도 애진 언니가 구원의 손을 내밀었다.

사과나무도 더할 나위 없이 좋았다. 밭 근처에서 본 사과나무 꽃이 얼마나 예쁘던지! 벚꽃과 비슷한 생김새를 한 사과꽃은 흥미롭게도 여러 가지 색을 띠고 있었다. 꽃봉오리 색은 사과같이 붉은데, 피어날 땐 분홍색이었다가 점점 흰색으로 변한다. 동글동글하고 붉은 꽃봉오리와 새하얀 꽃의 조화로운 자태를 본다면 누구라도 반하고 말 거다.

애진 언니가 준 것은 키가 1미터 정도 되는 아기 사과나무. 두 종류의 사과를 접목해서 뿌리 쪽은 꽃사과나무, 열매가 열리는 위쪽은 부사나무였다.

농사짓는 친구들과 함께 아기 나무를 조심스레 옮겨왔다. 그러고는 밭 한가운데에 삽으로 구덩이를 깊게 파 심고 물을 흠뻑 주었다. 작업을 마쳤을 땐 어느새 해가 져서 어둑어둑했지만 중요한 작업이 하나 더 남아 있었다.

동생네 가족을 그린 그림을 마치 부적처럼 나뭇가

지에 걸어두는 일이었다. 그리고 손 모아 기도했다. 이 어린 나무가 부디 낯선 땅에 잘 뿌리내려 건강하고 튼튼하게 자라주기를. 나무와 함께 자라날 조카 또한 그러하기를.

언젠가 조카와 함께 사과를 따 먹으며 이날의 추억을 들려줘야지.

세 언니

우리 부부가 시골이라는 낯선 환경에서도

쉽게 적응할 수 있었던 건 이렇게 마음을 터놓고 의지할 수 있는

가까운 이웃들 덕분이었다.

멋진 여성 농부들

자주 만나는 이웃 가운데 세 언니가 있다. 40대부터 70대까지 나이는 다 다르지만 서로를 언니라고 부른다. 인연을 맺은 공동체 이름이 '언니네텃밭'인 까닭이다. 언니네텃밭은 여성 농부들로 이루어진 마을 공동체에서 직접 재배한 농산물을 도시 소비자에게 정기적으로 보내는 꾸러미 사업이다. '전국여성농민회총연합'(줄여서 전여농)의 수익사업이기도 하다.

서울에서 살며 먹거리를 고민하던 때 친구의 추천

으로 이곳을 알게 되었고 이후 제철 꾸러미로 매주 식재료를 해결했다. 그런데 1년 뒤 자연농을 배우기 위해 홍천으로 이주하고 보니, 우리에게 택배를 보내주던 생산자 공동체가 바로 옆 동네에 있는 게 아닌가? 반가운 마음에 마지막 꾸러미를 직접 받으러 갔다가 우연히 일손을 도우면서 인연을 맺게 되었다. 그 뒤로 매주 화요일마다 언니들과 택배 포장을 함께하고 신선한 채소와 반찬을 얻어온 지가 벌써 2년이 넘었다.

다남 언니는 우리 공동체의 왕언니다. 최근 무릎 수술을 한 데다 허리 통증까지 있어서 가만히 서 있기조차 힘든데도 늘 가장 먼저 출근하신다.

"나는 뭔 일이 있으믄 집에 가만 몬 있어. 빨리 나와서 해야지, 마음이 두근두근해서 안 돼."

언니의 전라도 사투리를 듣고 있으면 외할머니가 떠올라 자꾸만 웃음이 난다. 정이 많은 만큼 눈물이 많고 마음씨도 따뜻한 다남 언니. 참 세련되고 예쁜 이름이라 생각했는데 알고 보니 딸은 이제 다 낳았다는 뜻으로 지은 이름이란다. 다남 언니는 형제들 중 첫째였는데도 말이다.

공동체 반장이자 열혈 운동가인 애진 언니는 만 평 넘는 농사와 전여농 활동으로 언제나 눈코 뜰 새 없이 바쁘다. 시골에서 나고 자라며 아로새긴 이야기들을 종종 들려주시곤 하는데 그 내용이 무척 흥미롭다.

"잡곡이라고 하지 말고 밭곡이라고 해. 우리 어머니는 옛날부터 그렇게 불렀거든!"

수수, 조, 보리 등을 싸잡아 이르는 잡곡이라는 말은 일제 강점기 때 쌀 이외의 곡식을 폄하하는 의미로 생겨났다고 한다. 마치 농사짓는 작물이 아닌 풀을 모두 잡초라고 부르는 것과 같다. 그 전에는 밭에서 나는 곡식이라고 해서 '밭곡식' 혹은 '밭곡'으로 불렀단다. 애진 언니의 말을 들은 뒤부터 나도 입에 붙어버린 잡곡이라는 단어를 버리기 위해 애를 쓰고 있다.

결혼하기 전까지 서울에서 간호사로 일했다는 정자 언니는 남편과 함께 자신들의 노동력만으로 만 평 농사를 짓는다. 설날을 기준으로 그 전에는 시래기를, 이후에는 냉이를 수확한다. 봄에는 머위와 브로콜리, 양배추를, 여름부터 서리 내리기 전까지는 매일 밤늦도록 오이를 딴다. 그러다 한여름에는 옥수수와 고추를, 초겨울에 배추와 무를 수확하고 나면 다시 냉이 씨를 뿌린다.

1년 내내 돌아가는 농사일로 잠시 목욕탕에 가서 때 밀 시간조차 없다. 이렇게 바쁜 와중에 살림 챙기기뿐 아니라 매주 꾸러미에 넣을 반찬과 식혜를 가득 만들고, 무청을 말리고, 고추장도 만든다. 주위 모든 사람들이 혀를 내두를 정도다.

"나중에 자식들이 농사짓겠다고 하면 기분이 어떨 것 같아요?"

문득, 모든 일상이 농사로 시작해 농사로 끝나는 언니의 생각이 궁금했다.

"좋지! 나는 지금도 우리 아들더러 농사하라고 해. 열심히 한 만큼 돈이 되니까."

나는 여태까지 자식에게 농사를 물려주고 싶어 하는 사람을 만난 적이 없던 터라 조금 놀랐다. 알고 보니 언니는 꾸러미 사업 외에도 한살림, 생협 등에 농산물을 공급하며 안정적인 수입을 벌고 있었다. 정자 언니는 내가 만난 사람 가운데 유일하게 은행에 빚지지 않은 농부다.

귀농을 결정했을 때, 이제 농사를 지으니 더 이상 식재료를 살 필요가 없을 거라 생각했다. 큰 오산이었다. 먹거리 자급은 생각보다 어려웠다. 하지만 누군가 시골에서 잘 살고 있느냐 묻는다면, 언니들 덕분에 잘 먹고 잘 산다고 자신 있게 답할 수 있다.

언니들은 농사에 관한 조언은 물론이고, 젊은이들이 시골에 와서 무얼 먹고 사는지 걱정하시며 땀 흘려 농사지은 먹거리를 잔뜩 챙겨주신다. 누구보다 지역에서 일어나는 일을 소상히 알고 우리의 궁금증을 속 시원히 해소해 주는 정보망이자 곤란한 일을 당했을 때 대신 혼내주겠다고 벼르는 든든한 안전망이기도 하다.

우리 부부가 시골이라는 낯선 환경에서도 쉽게 적응할 수 있었던 건 이렇게 마음을 터놓고 의지할 수 있는 가까운 이웃들 덕분이었다.

연둣빛 숲속
산나물을 찾아서

언젠가 이웃인 소금쟁이 님으로부터 고비 밭 이야기를 들었다. 고비는 고사리와 비슷하게 생긴 양치식물로, 양지바른 산기슭에 나는 고사리와 달리 볕이 들지 않고 습한 곳에서 자란다. 고사리보다 맛이 좋고 귀하다기에 궁금해서 몸이 근질거렸다. 언제 고비를 꺾으러 가나, 그날만을 기다렸다.

봄비가 세차게 내린 다음날, 소금쟁이 님으로부터 반가운 문자가 왔다.

산나물

고사리는 어쩐지 바다향이 나서 좋다.

산에서 맡는 바다 내음이라니.

어쩌면 고사리는 한때 바다를 유영하던 해초가 아니었을까?

"큰 보자기, 가방, 도시락 준비해서 내일 9시에 봐요~"

다음날 아침, 참참, 소금쟁이 님과 함께 개구리 님이 모는 트럭을 타고 산으로 향했다. 4월은 이쪽저쪽 둘러봐도 온통 꽃들의 세상이다. 파스텔톤으로 물든 고개를 달려 가장 높은 곳에서 샛길로 들어섰다. 포근한 태양 아래 매캐한 미세먼지가 부유하는 날이었다.

산 밑에 차를 대고 둘러보니 오솔길 사이로 조팝나무 꽃이 솜사탕처럼 부풀어 있었다. 우리도 잔뜩 부푼 가슴을 안고 연둣빛 숲으로 들어갔다.

사람이 다니지 않아 우거진 잔가지를 헤치며 고비 밭에 다다랐다. 그런데 그 어디에도 고비의 흔적은 찾을 수 없었다. 두 분이 마지막으로 이곳에 온 건 5년 전이었던 터라 그사이 많이 바뀌었던 것이다. 오랜만에 이곳을 찾은 개구리와 소금쟁이 님은 숲의 식생이 완전히 바뀌었다며 놀라워하셨다. 전에는 나무를 베어낸 자리가 있어 배낭을 가득 채우고도 남을 만큼 많은 고비가 숲을 이루었다고 한다.

그러나 지금은 누군가가 인위적으로 심어서 번진 자작나무만 가득했다. 고비는 사람이 파괴한 자리를 잠시 동안 메우는 역할을 했던 걸지도 모르겠다. 고비를 만나지 못해 적잖이 실망했지만 대신 다른 것들을 얻어가기로 했다.

준비하라던 보자기의 쓸모가 궁금했는데 소금쟁이 님이 시범을 보여주셨다. 보자기를 허리에 빙 둘러 뒤로 묶고, 남은 양 귀퉁이를 각각 왼쪽 오른쪽 허리춤에 묶으니, 짠! 캥거루처럼 넉넉한 나물주머니가 생겼다. 덕분에 양손이 자유로워 땅 짚고 산을 오를 수 있고, 나물을 뜯는 대로 쏙쏙 집어넣을 수도 있었다. 일이 끝나면 착 접어 가볍게 휴대하고 요리조리 필요에 알맞게 변신이 가능하니 보자기란 참 신통방통한 물건이었다.

도구를 갖췄으니 본격적으로 나물 산책을 해 볼까? 가장 먼저 우리를 반긴 건 우산나물이었다. 이름에 걸맞게 어린순은 접은 우산, 다 큰 건 펼친 우산 같았다. 귀엽게 생겼지만 별로 먹고 싶진 않았다. 그런데 나중에 데쳐서 먹어 보니, 부드럽고 머위 비슷한 향이 나는 게 정말 맛있었다. 어느 정도냐 하면, 다음 봄을 기다릴 만한 맛이었다.

곧이어 땅에서 솟아난 둥굴레 무리를 발견했다. 자신 있게 줄기를 하나 꺾어 진한 단맛을 기대하며 살짝 씹어보았는데, 으아, 쓰다! 둥굴레와 생김새가 비슷한 은방울 꽃은 치명적인 독초다. 경험상 독초는 대개 굉장히 쓰다. 두 가지를 나란히 놓아두고서야 비로소 꽃 모양이나 잎의 색깔로 구별할 수 있었다. 둥굴레의 어린순은 꿀맛이라 밭에 몇 개 옮겨 심었다. 그런데 나중에 꽃이 피었을 때, 우습게 도 그게 은방울꽃이라는 것을 알게 되었다.

산기슭에 지팡이처럼 꽂혀 있던 고사리도 꺾었다. 뜯어다 말리면 분명 머리카락만큼 가늘어질 초라한 것인 데 자꾸만 보여서 한가득 꺾고 말았다.

고사리는 어쩐지 바다향이 나서 좋다. 산에서 맡는 바다 내음이라니. 어쩌면 고사리는 한때 바다를 유영하던 해초가 아니었을까? 어떤 피치 못할 사정으로 숲으로 이주 해 적응하며 살아왔는지도 모른다.

이번엔 계곡물이 흐르는 곳으로 내려갔다. 자잘한 다래 덩굴이 어찌나 많이 뻗어 있던지 지나가느라 아주 애를 먹었다. 한 마리 고라니가 되어 몸을 잔뜩 수그리고 걷다가 산초나무 가시에 머리를 콩 박기도 했다. 많이 아프다 싶더니 고춧가루가 묻은 것처럼 살짝 피가 났다.

다래 덩굴순도 먹는 거란다. 기다란 덩굴에 주렁주렁 달려서 가장 손쉽게 많은 양을 뜯을 수 있었다. 생각해 보니 이맘때 오일장에서 할머니들이 빼놓지 않고 판매하시던 나물이 다래순이었다. 줄기를 자르면 수액이 찰랑하고, 어린순은 나물로 무쳐 먹을 수 있는 데다, 새콤달콤한 열매까지 안겨주는 다래도 참 고마운 식물이구나.

비록 고비를 찾아나선 산행에 고비는 없었지만, 그에 못지않게 귀한 산나물을 얻었다. 예전엔 눈앞에 두고도 몰랐던, 귀한 것을 귀하게 알아보는 눈을 얻은 것이 무엇보다 큰 수확이다.

마을 선생님

아이들은 우리의 예상과 달리 진로에는 관심이 없었다.

지금은 그저 교과서 귀퉁이마다 낙서할 정도로

그림 그리는 게 너무 재밌는 거다.

시골 초등학교에서
만난 아이들

집 가까이에 초등학교가 하나 있다. 이웃인 개구리 님의 아버지가 교장을 지내셨고, 개구리 님이 졸업했고, 지금은 그 딸이 다니고 있는 마을의 유일한 학교다. 이 학교와는 지난해 아르바이트로 인연을 맺었다. 나는 통학 버스 동승보호자로서 아이들의 등하굣길 안전을 돕는 일을 했다. 마을에 일할 사람이 없어 할머니들이 하시던 일을 젊은 사람이 하게 돼 반기는 눈치였지만, 하루의 중간중간 시간을 내는 게 힘들어 6개월에 그치고 말았다.

그러던 어느 날, 교감 선생님으로부터 전화가 왔다.

"한 달 뒤에 학교에서 3일 동안 옆 초등학교와 연합으로 '마을 선생님' 수업을 해요. 요즘 5학년 여자애들이 그림 그리기에 푹 빠져 있는데, 하시는 일에 관해서 얘기 좀 해주시면 안 될까요?"

"네?! 제가 선생님이라니요?"

대학입시 미술반과 초등학교 저학년 아이들을 가르친 적은 있지만 그것도 까마득한 10년 전의 일이었다. 과연 잘할 수 있을지 걱정부터 앞섰다. 아무래도 자신이 없어 거절하려는데, 이 지역에 사람이 없다며 교감 선생님께서 간곡히 부탁하셨다. 통학 버스 일을 하며 인연을 맺었던 아이들에게 조금이나마 도움이 되면 좋겠다는 마음에 결국 승낙하고 말았다.

내게 주어진 수업 시간을 크게 둘로 나누어, 먼저 일러스트레이터라는 직업에 대해 알려주고 나머지 시간에는 그림을 그릴 수 있도록 준비했다.

어느새 한 달이 지나고 그날이 왔다. 오늘만은 아이들에게 평소의 동네 아줌마가 아닌 다른 모습을 보여주리라 마음먹고 나름대로 곱게 차려입기까지 했다. 교실로 들어서자 반가운 얼굴들이 보였다.

"어?!"

아이들은 나를 보고 크게 놀란 눈치였다. 이 학교 5학년 학생 4명과 옆 학교에서 온 4명, 담임선생님 두 분과도 반갑게 인사를 나누고 내가 그린 그림 몇 장을 칠판에 붙였다.

"여러분 일러스트가 뭔지 알아요?"

조용했다. 이에 굴하지 않고 나는 어떤 일을 하는지, 작업 과정은 어떠한지, 열심히 준비한 내용을 풀어났다. 그러나 아이들의 시간은 마치 정지해 있는 것 같았다. 어떤 말을 해도 멍한 표정엔 변화가 없었다.

전혀 관심이 없어 보이기에 직업 이야기는 대충 마무리하고 마지막으로 질문을 받았다. 역시나 아무도 질문하지 않았다. 똑딱똑딱. 침묵만 흐르는 그 순간에는 정말 어떤 바보 같은 질문이라도 좋으니 아무 말이나 해줬으면 싶은 심정이었다.

"그럼, 이제 그림 그릴까요?"

"네!"

그림을 그리자고 하니 갑자기 아이들 표정에 생기가 돌았다. 아뿔싸! 이렇게 좋아할 줄 알았더라면 진작부터 그림 수업을 할 걸. 물어보지도 않고 어른들 마음대로 아이들을 판단했던 게 잘못이었다. 아이들은 우리의 예상과 달리 진로에는 관심이 없었다. 지금은 그저 교과서 귀퉁이마다 낙서할 만큼 그림 그리는 게 재밌을 뿐. 그런 아이들을 가만히 앉혀두고 혼자 떠들기만 했으니 그 시간이 얼마나 지루했을까?

1시간 동안 함께 곤충을 그리고 나는 학교를 유유히 빠져나왔다. 홀가분했다. 전날 PPT를 만들어야 하나 한참 고민했는데, 시간 부족으로 준비하지 못했던 게 천만다행으로 여겨졌다. 노파심에 준비했던 이런저런 이야깃거리는 하나도 필요하지 않았다. 아이들에게 가장 필요한 수업은 원하는 걸 마음껏 할 수 있는 자유 수업이었다는 걸 깨달았다.

이번 수업으로 아이들은 어른들의 생각과 같지 않다는 것과 그림 그릴 때는 많은 준비가 필요하지 않다는

것을 배웠다. 도구를 제대로 갖추고 계획을 세워야 움직일
수 있는 나와 달리 아이들은 손이 먼저 움직였다.

이날은 아이들이 나의 마을 선생님이었다.

머위된장

땅 위로 고개 내민 꽃 여섯 송이를 감사한 마음으로 똑 따왔다.

그리고 영화 속 장면을 떠올리며 나만의 레시피로

난생처음 머위된장을 만들었다.

나의 달콤한
리틀 포레스트

별 사건 없이 담담히 흘러가는 일본 영화를 좋아한다. 거기다 자연을 배경으로 하고 요리하는 장면까지 있다면 더할 나위 없다. 그런 점에서 〈리틀 포레스트〉는 사랑할 수밖에 없는 영화다. 도시에서 시골로 이주해 농사를 짓고, 수확한 작물로 맛깔나게 요리하는 한 여자의 이야기.

서울의 독립영화관에서 처음 봤을 땐 '나도 언젠가 저 주인공처럼 살고 싶다'고 막연히 꿈꾸었는데, 지금은 제법 영화와 닮은 삶을 살고 있는 게 신기하다. 농사도 요리

도 아직 능숙하진 않지만 꿈에 가까워지는 나의 하루하루
가 좋다.

영화에는 여러 음식들이 등장하는데 익숙한 식재료
의 경우 어느 정도 맛을 예측할 수 있는 반면, 어떤 음식은
식재료부터 너무 생소해 짐작조차 할 수 없었다.

그중 하나가 '머위된장'이다. 머위대만 나물로 무쳐
먹어 봤지 꽃은 처음 보는 데다, 심지어 요리해 먹으면 밥
세 그릇이 뚝딱 사라질 정도로 맛있다니. 궁금한 걸 못 참
는 나는 죽이 되더라도 꼭 한번 만들어보고 싶었다.

지난해 밭 근처에서 우연히 머위 군락지를 발견했
다. 그걸 머릿속 지도에 잘 담아두고 봄이 오기를 기다렸
다. 땅바닥에 납작 엎드린 냉이가 기지개를 켜고, 노란 산
수유꽃이 필 때 다시 그곳을 찾았다.

과연 꽃이 있을까? 설레는 마음으로 다가가 보니 손
바닥 반만 한 애기 머위잎 사이로 연두색 꽃이 얼굴을 내
밀고 있었다. 영화 속에서 본 그대로였다.

"우와!"

나도 모르게 탄성을 내질렀다.

땅 위로 올라온 꽃 여섯 송이를 감사한 마음으로 똑 따왔다. 그리고 영화 속 장면을 떠올리며 나만의 레시피로 난생처음 머위된장을 만들었다. 두근두근, 드디어 시식의 시간!

머위된장을 조금 떼어 밥 위에 얹어 먹었다. 첫맛은 달콤, 뒤이어 된장의 짠맛이 느껴졌다. 그리고 씹어 넘길 때쯤 머위의 씁쓸한 맛이 입안을 감돌았다. 머위꽃은 생으로 먹으면 치명적인 독이 들었나 싶을 정도로 몹시 쓰지만 데치고 볶는 동안 쓴맛이 약해진다. 그 여린 쓴맛이 입맛을 돌아오게 하나 보다. 달달 짭짤 씁쓸한 머위된장 하나로 어느새 밥 한 공기가 뚝딱 사라졌다.

좋아하는 영화 속에서 비슷한 듯 다른 음식 문화와 새로운 레시피를 찾아내는 건 늘 흥미롭다. 미지의 음식을 찾아나서는 여정은 참 설레는 일이다. 덕분에 우리집 식탁은 더욱 다채로워지고 있다.

recipe

머위된장

⟡ 재료 ⟡

여린 머위꽃, 참기름(혹은 들기름), 된장, 설탕,
맛술(혹은 화학재료가 들어가지 않은 전통주).

1. 끓는 물에 머위꽃을 넣어 1분 정도 데친다.
2. 찬물에 헹궈 열기를 식히고 물기를 꼭 짠 뒤 잘게 다진다(아
   삭하게 씹히는 식감을 좋아한다면 줄기 부분은 조금 덜 다
   져도 좋다).
3. 팬에 기름을 두르고 다진 머위꽃을 넣어 볶는다. 이때, 타지
   않도록 불을 잘 조절한다.
4. 어느 정도 머위의 쓴맛이 사라질 만큼 볶아졌다 싶을 때 된
   장과 설탕, 맛술을 넣어 조금 더 볶으면 완성!

일반 된장보다 약간 묽은 정도로 만들면 밥에 올려 먹거나 비벼 먹기
에 좋다.
중간에 먹어보아 너무 쓰다 싶으면 더 볶고, 단맛이 부족하다 싶으면
설탕을 더 넣고, 물기가 부족해 뻑뻑하다 싶으면 맛술을 더 넣는다.
적당히 쌉쌀한 맛이 머위꽃 본래의 향이므로 쓰다고 마냥 오래 볶기보
다는 어느 한 가지 맛만 강해지지 않도록 균형을 맞추는 게 중요하다.

진달래

채취는 몸을 움직인 만큼 정직하게

소득을 얻을 수 있다는 장점이 있지만,

평소 몸을 쓰지 않던 우리가 하기에는

시간과 에너지가 몇 배나 드는 노동이었다.

진달래 채취
아르바이트

시골에서 맞는 첫 번째 봄이었다.

"진달래 좀 따볼려?"

애진 언니가 농산물 꾸러미 회의 중에 참참과 내게
말했다. 도시 소비자들에게 화사한 봄을 선물하기 위해 진
달래꽃과 쌀가루로 화전 꾸러미를 구성하기로 한 것이다.
시골에서 무엇으로 돈을 벌지 고민하던 중이라 무척 반갑
고 기쁜 제안이었다.

"그럼 어디서 진달래를 따면 돼요?"

"산에 가면 많아. 사방천지로 있으니까 찾기 어렵진 않을 거야."

산길을 따라 꽃을 따기만 하면 되는 매우 간단한 일이었다. 너무 일찍 따면 시들해지니 꾸러미 작업하기 하루나 이틀 전, 이슬이 마른 낮때를 잘 맞춰야 했다.

나는 설레는 마음으로 커다란 비닐봉지 여러 개를 가방에 쑤셔넣고 등산화 매듭을 단단히 묶었다. 채취 장소로는 우리가 접근하기 쉬운 농사짓는 밭 바로 앞산을 선택했다.

"와아!"

조금 깊숙이 들어가니 온통 진달래 천국이었다! 산등성이를 따라 분홍이 그득했다. 마치 우리를 위해 누군가 디자인한 것 같았다. 아닌 게 아니라, 정말이지 산길을 따라 우리에게 필요한 진달래'만' 있었기 때문이다. 아름다운 풍경이었지만 나중에서야 토양이 척박해 그렇다는 걸 알았다.

우리는 조심스레 꽃을 따기 시작했다. 화전에 있어 때깔은 정말 중요하니까, 꽃잎이 찢어지지 않도록 더욱 신경을 썼다. 좁다란 산길을 따라 보이는 분홍이란 분홍은 모두 봉지에 담았다. 3시간 정도 흘렀나. 커다란 봉지가 금세 진달래로 가득 찼다. 그런데 무게가 알쏭달쏭했다. 우리에게 필요한 양은 4킬로그램. 깃털보다도 가벼운 진달래꽃으로만 달성해야 할 목표였다.

"이만하면 되지 않을까?"

묵직한 봉지를 들어 올리며 내가 말했다. 오히려 쓰고도 남을 것이라 생각했다. 꽃이 손상될까 봐 조심조심하며 자전거로 집에 돌아와 저울 위에 올렸다. 맙소사, 겨우 1킬로그램 밖에 되지 않았다! 우리의 무게 감각과 달리 진달래 양은 턱없이 부족했다.

부족한 양을 채우기 위해 우리는 그 뒤로도 두 번 더 산에 올랐다. 그러나 '이 정도면 됐겠지?' 하고 무게를 달면 여지없이 부족했다. 결국 할당량에 조금 못 미치고 말았다. 채취는 결코 쉬운 일이 아니었다.

그래서 우리는 얼마를 벌었을까? 참담하게도 시간당 최저임금의 반도 되지 않았다. 채취는 몸을 움직인 만큼 정직하게 소득을 얻을 수 있다는 장점이 있지만, 평소 몸을 쓰지 않던 우리가 하기에는 시간과 에너지가 몇 배나 드는 노동이었다.

이후로도 꾸러미에 딱히 농산물을 보낼 수 없었던 우리는 대신 쑥, 아카시꽃, 질경이, 뽕잎을 채취했지만 결과는 크게 다르지 않았다. 아카시꽃 송이의 경우, 손이 닿는 만큼 곡괭이로 가지를 잡아당기고 하나씩 따며 산을 오르는 나와 달리, 베테랑 농부님은 나무를 아예 베어내고 필요한 양을 한꺼번에 얻었다. 우리의 운송 수단이 자전거라는 점도 일의 효율을 크게 떨어뜨렸다.

나중에는 결국 채취 일을 포기했다. 먹을 것을 자급하기 위한 거라면 즐겁게 적당히 할 텐데, 돈을 벌기 위해서라기엔 체력과 기술이 약한 우리에게 너무 고단한 노동이었다. 산을 오르내리며 아카시꽃을 5킬로그램이나 수확했지만, 정작 내 손에는 단 한 송이도 쥐어지지 않았다. 따면서 '이걸 전부 효소로 담가 이웃들과 나누면 얼마나 좋을까' 꿈만 꾸었을 뿐이다.

그래도 아쉽기만 한 것은 아니다. 힘은 들었지만 이사 오자마자 운 좋게 시골에만 있는 일거리를 경험해 보았다는 데 의미가 있다. 동네 지리를 익히는 데도 채취만 한 일이 없었다.

　　무엇보다 산나물의 때를 알게 된 것이 보배다. 쑥이 가장 향긋하고 보드라울 때는 4월 초, 뽕잎 따서 나물 해 먹기 좋은 때는 5월이다. 특히 5월 중순 이후에 아카시꽃 이 만개한다는 것을 몸으로 여실히 배웠다.

여름

멧돼지와 돼지감자

야생동물들이 마을로 내려올 수밖에 없는 건,

개발이라는 명목으로 산을 깎거나 나무를 베어내고,

때마다 도토리와 밤을 한가득 주워가는

사람들의 욕심 때문이다.

멧돼지와 함께
살 수 있을까?

"아잇, 이게 다 어디로 갔지? 누가 다 먹었어!"

이웃들과 낫 한 자루씩 들고 벼를 베던 가을이었다. 본격적으로 처음 지은 벼농사가 아작이 났다. 한바탕 먹고 노는 파티라도 열었는지, 낟알은 댕강 사라지고 여기저기 신나게 뒹군 자국과 함께 줄기만 남아 있었다. 탈곡을 마치고 보니 예년에 비해 10분의 1도 안 되는 양이란다.

볍씨 뿌려 못자리를 만들었던 봄, 친구들의 손과 시간을 빌려 뙤약볕 아래 모내기하던 초여름을 지나, 땀 흘리며 키다리 풀 베어주고, 벼 베고 낟알 털 가을까지의 모든 수고가 와르르 무너지는 순간이었다. 친구들을 초대해서 함께 지은 쌀밥 한번 먹이고 싶었는데….

대체 누구지? 쌀을 좋아하는 동물이 누가 있을까? 처음엔 고라니를 의심했다. 그 많던 고구마잎과 콩잎을 다 잘라 먹은 녀석. 그런데 알고 보니 그보다 더 먹성 좋은 녀석이 있었다. 바로 멧돼지! 고구마, 돼지감자, 밤, 도토리 등 땅속줄기나 열매만 먹는 줄 알았는데 쌀까지 먹을 줄은 몰랐다. 싹 훑어 먹어 속 빈 쭉정이만 대롱대롱 달렸다. 사람만 쌀을 좋아하는 게 아니었다.

우리가 농사지은 논은 산골짜기 가장 안쪽에 있다. 숲 쪽으로 조금만 발걸음을 옮겨도 푸다닥 도망가는 야생동물의 소리를 들을 수 있을 정도라 그들의 방문은 당연하게만 느껴진다. 야생동물 때문에 농사를 망치긴 했지만 화가 나지는 않았다. 우리는 외지인이고 그들이 오래전부터 이곳에 살던 선주민인 셈이니까. 하지만 우리는 농사를 짓고, 농사는 원하는 것을 먹고자 하는 생존 행위이므로 내년 농사를 위한 대책을 세워야 했다.

농한기인 겨울에 이웃들과 구들방에 모여 멧돼지를 막는 방법에 대해 이야기했다. 여러 사람들이 모인 만큼 다양한 의견이 나왔다.

"논 주위로 전기 철책을 두르는 건 어때요?"

친구인 올빼미가 먼저 아이디어를 냈다. 많은 농부들이 쓰는 방법이긴 하지만 이곳에선 호응을 얻지 못했다. 전기를 사용하는 건 생태적이지 않은 데다 사람의 출입마저 제한하는 방법이기 때문이다.

"사냥을 해서 잡는 건 어떨까요? 1년에 한두 마리 정도면 적당할 것 같은데."

개구리 님은 덫을 놓는 방법으로 사냥부터 요리까지 손수해서 식구들과 감사한 마음으로 먹는 걸 제안했다. 마치 고대인처럼 수렵을 통해 문제를 해결하겠다는 건데 어쩐지 아이처럼 신나 보였다.

또 다른 이웃인 모래무지 님은 재밌는 놀이를 생각해 냈다.

"커다란 드럼통을 이용해 뭔가 거대한 생명체처럼 보이게 만들면 무서워 도망가지 않을까요?"

눈에서 빨간 불빛이 반짝이게 전기 작업까지 곁들이면 더 좋을 것 같다며. 그 말을 듣던 도토리 님이 시간이 지나 불빛에 익숙해진 멧돼지가 도망가지 않으면 어떡하느냐 물었다. 모래무지 님은 그 옆에다 텐트를 치고 유치원생인 아들과 야영하겠다며 눈을 반짝였다. 겸사겸사 아이와 즐거운 추억을 만들 생각이었다.

생각 끝에 나는 멧돼지가 내려오는 길목에 돼지감자를 심는 방법을 제안했다. 일전에 멧돼지가 이웃의 돼지감자밭을 몽땅 파헤쳐놓은 일이 있었다. 그때 당연히 돼지감자가 흔적도 없이 사라진 줄 알았는데, 여름이 되자 놀랍게도 아무 일도 없었다는 듯 다시 빼곡히 자라났다. 하나를 뽑아 보니 콩알보다 작은 돼지감자에서도 싹이 쑤욱 올라와 있었다. 이만하면 완벽하게 없애기가 거의 불가능할 정도구나 싶었다. 멧돼지가 좋아하는 돼지감자가 이렇게 왕성한 생명력으로 산에서도 잘 자라준다면, 멧돼지도 더 이상 내려올 필요가 없지 않을까?

야생동물들이 마을로 내려올 수밖에 없는 건, 개발이라는 명목으로 산을 깎거나 나무를 베어내고, 때마다 도토리와 밤을 한가득 주워가는 사람들의 욕심 때문이다. 하지만 먹이를 찾아 마을로 내려오면 사람들은 유해 동물이라 낙인찍고 총을 쏘아 죽인다. 산에서도 마을에서도 내몰리는 처지의 멧돼지는 어디서 어떻게 살 수 있을까?

그렇게 겨울에 생각했던 일을 조금씩 행동으로 옮겨 보기로 했다. '나무를 심는 사람'의 마음으로 경건하고 성실하게 돼지감자를 심는 나를 상상해 보았다. 시간이 날 때마다 한 줌씩 심어 나간다면 어떤 결과가 생길까?

밭에 있던 돼지감자를 몇 알 캐어다가 산속 깊은 골짜기로 들어갔다. 볕이 잘 들지 않아 제대로 성장할지 모르겠지만 식물에 깃든 생명력을 믿기로 했다. 소나무 아래에 한 알, 참나무 아래에도 한 알, 둥굴레 옆에도 한 알. 돼지감자가 어느 장소를 좋아할지 몰라 이쪽저쪽 열심히 심었다.

오늘 심은 것은 평화의 씨앗. 새로운 땅에서 마구 퍼져 멧돼지의 소중한 식량이 되어주기를, 우리가 서로 싸우지 않고 평화롭게 함께 살 수 있기를 기도했다.

소리쟁이

날이 무더워지면 꽃대가 올라오고,

고추씨처럼 생긴 열매들이 다글다글 달린다.

알고 보면
더 고마운 풀

언니네텃밭 꾸러미 작업장에서 언니들이 차려주는 밥을 먹을 때였다.

"이거 한번 먹어봐. 미역국처럼 홀홀 넘어가."

애진 언니가 다정하게 건네준 것은 따끈한 된장국 이었다. 푹 익어 빛이 바랜 채소 잎이 둥둥 떠 있을 뿐 그다 지 특별한 건 없어 보였다. 그런데 한술 떠서 입에 넣는 순 간, 건더기가 사르르 녹더니 어느새 목안으로 꿀꺽 넘어갔 다. 굉장히 부드러워서 씹을 새조차 없었다.

"소리쟁이나 소루쟁이라고 하는데, 여기선 솔구지라고 불러."

애진 언니는 내가 묻기도 전에 궁금한 걸 알려주었다. 미역보다 부드러운 식감을 지닌 소리쟁이. 이제는 길을 걷다가 우연히 소리쟁이를 만나게 되면 반가운 마음에 절로 발길을 멈춘다.

소리가 어떻기에 이름이 소리쟁이일까. 날이 무더워지면 꽃대가 올라오고, 고추씨처럼 생긴 열매들이 다글다글 달린다. 이때 바람이 불면 바삭 말라 있는 열매들이 서로 부딪히며 요란한 소리가 난다. 이름처럼 바람이 불면 온몸으로 노래하는 생명체다.

소리쟁이는 주로 물가에서 찾아볼 수 있다. 길쭉하고 쭈글쭈글한 이파리는 엄청난 크기로 성장하기 때문에 눈에 쉽게 들어온다. 물기가 있는 땅이면 어디서나 어렵지 않게 구할 수 있을 만큼 흔하디흔하다. 이파리 두세 장이면 국 2인분을 끓일 수 있고, 한 포기면 온 식구가 배불리 먹기에 충분할 정도로 풍요롭고 고마운 풀이다.

채취할 때는 낫이나 가위가 필요하다. 한번은 손으

로 냅다 뜨려다가 줄기에서 나온 끈적한 액체에 미끄러져 실패했다. 그런데 신기하게도 손에 묻은 진액은 신기루처럼 금세 사라졌다. 증발하는 건지 피부에 흡수되는 건지, 오히려 뽀송뽀송해진 손을 보고 깜짝 놀랐다. 알고 보니 진액 성분엔 항염효과가 있어서 습진이나 피부병이 사라질 정도로 피부에 좋단다. 탈모 예방에도 효과가 있어서 샴푸로 만들어도 좋다고 한다. 국을 끓여 자주 먹는 것만으로도 효과를 볼 수 있다니 약초가 따로 없다.

어디 먹는 방법이 국거리뿐이랴. 생잎을 먹어보면 새콤한 맛이 샐러드로도 제격이다. 봄부터 초여름까지 국이나 샐러드로 먹을 만큼 먹고 나면 분홍색 꽃이 수없이 달린 꽃대가 쑥 올라온다. 그러면 꽃대를 꺾어 머위대처럼 껍질을 벗기고 베어 먹을 수 있다. 아삭하고 새콤하기가 마치 어떤 과일 같다고 생각했는데, 천도복숭아가 번뜩 떠올랐다. 상큼한 신맛이 디저트로도 썩 괜찮다.

채취 시 이파리에서 작고 붉은 반점들을 발견하고 흠칫 놀랄 수도 있다. 바람이나 벌레에 의해 생채기가 났을 때 식물 스스로 면역물질을 분비해서 보호한 흔적이라고 한다. 먹는 데는 아무런 지장이 없다. 벌레에 물린 피부가 벌겋게 붓는 것과 같다. 동물들에게 뜯어먹히는 약한 풀이지만 '내가 살아 있다'고 보여주는 것이다. 이름처럼 바람이 불면 온몸으로 노래하는 생명체인 것을 나는 미안하게도 종종 잊곤 한다. 내가 모르고 지나치는 이런 생명의 신호들이 얼마나 많을지 생각하면 미안한 마음이 든다.

잡초로 치부하기엔 너무나 아까운 풀이지만 도시에선 맛보기 어려운 먹거리다. 시골에서 오랫동안 농사지은 분들조차 소리쟁이를 먹을 수 있다는 건 잘 모르신다. 재배하지 않으니 파는 곳도 없고, 도시에선 채취도 쉽지 않다. 구할 수 있는 방법은 정기적으로 열리는 도시 농부시장에서 찾아보거나, 농부 공동체들이 운영하는 제철 농산물 꾸러미를 신청하는 것이다.

소리쟁이국

된장국에 소리쟁이 잎을 적당한 크기로 잘라 넣어 익히면
완성되는 간단 요리. 맛있는 집된장이 있으면 금상첨화!
짙은 초록색의 억센 잎이라도 푹 끓이면 부드러워지지만
약간 신맛이 나기도 한다. 신맛이 싫다면 되도록 여린 순을
넣어 만든다.

감자를 줍자

장마를 코앞에 두고 곳곳에서 분주한 발소리가 들려온다. 작물을 거두고, 풀은 베고, 배수로를 확인한다. 습기에 약한 몇몇 작물은 장마 전에 수확해야 한다. 첫 농사 때는 뭣도 모른 채 장마가 지나고서야 감자를 캤더니, 땅이 질척해서 호미 대신 삽을 써야만 했다. 힘이 몇 배는 더 들었다. 더군다나 이미 상당량 하얗게 물러 터져 끔찍한 썩은 내를 맡으며 작업해야만 했다.

올해는 먼저 남의 밭 감자를 캤다. 정확하게 표현하

감자

트랙터가 흙먼지를 폴폴 날리며 지나가면,

신기하게도 감자가 가지런히 흙 위로 올라온다.

자면 감자를 주웠다고 하는 게 맞을 듯하다. 오전 8시, 유랑농악단 친구들과 양평 부용리 공동텃밭으로 갔다. 텃밭이라고는 하지만 농악단 친구를 비롯한 여러 농부님이 함께 경작하는 900여 평의 큼직한 밭이다. 도착했을 땐 이미 많은 사람이 몸을 구부려 감자를 거두고 있었다. 이곳에서 우리가 풍년을 기원하며 시농제를 한 지가 엊그제 같은데 어느새 첫 수확물이 나왔다.

트랙터가 흙먼지를 폴폴 날리며 지나가면, 신기하게도 감자가 가지런히 흙 위로 올라온다. 말간 얼굴로 앉아 있는 감자를 보니 더없이 반가웠다. 주먹만 한 것부터 작은 알갱이 같은 것까지 크기도 다양하다. 처음으로 한 일은 알감자만 골라 상자에 담는 일이었다. 친구와 한 팀이 되어 상품이 되지 못하는 동글동글하고 작은 감자만 주워 담았다. 이웃에게 조림 반찬용으로 줄 거란다.

호미조차 필요 없이 그저 줍기만 하면 되니 작년 우리 밭 감자 수확 때와는 비교할 수 없을 만큼 쉬웠다. 기계문명은 이렇게 너른 밭 전체에 감자를 심고 거둘 수 있게 해주는구나. 직접 보니 새삼 놀라웠다.

1시간이 지났을까, 슬렁슬렁 움직였는데도 어느새 뙤약볕에 땀이 줄줄 흘렀다.

"자, 이제 조금 쉬었다가 할까요? 막걸리도 마시면서 땀도 좀 식히고."

반가운 소리가 들려왔다. 모두가 천막 아래 모여 앉아 있으니 찐 감자가 나왔다. 한 농부님이 감자를 캐자마자 바로 냄비에 쪄 가져온 것이다. 직접 수확해서 후후 불어먹는 햇감자의 맛이란⋯!

우리가 오늘 수확한 건 '수미감자'라는 품종이다. 단맛이 나고, 쪘을 때 쫀득해서 잘 부서지지 않아 볶음 요리나 국물 요리로 잘 어울린다. 국내에서 재배하는 감자의 약 80퍼센트가 바로 이 수미감자다.

조금 있으니 기다리던 커피가 왔다. 평범한 편의점 캔커피를 예상했는데 잘 갖추어진 커피 도구들이 펼쳐져 깜짝 놀랐다. 한동네 사는 친구가 집에서 드립 커피 도구를 한아름 챙겨온 것이다. 보자기를 풀더니 능숙한 솜씨로 아이스커피를 내렸다. 기온 33도에 육박하는 오늘 같은 날의 아이스커피는 커피를 별로 즐기지 않는 나도 기쁘게 마실 수 있는 음료였다.

많은 이웃들이 함께한 덕분에 점심시간 전 모든 일이 끝났다. 상자에 담았던 감자들을 네 사람 정도는 거뜬히 들어갈 만한 '톤백'이라는 큰 자루에 부었다. 500킬로그램이 들어가는 톤백이 무려 일곱 자루! 총 3.2톤의 뿌듯한 유기농 감자들은 생협 매장을 통해 소비자의 장바구니에 담길 것이다. 감자의 땅이 이렇게 막을 내리면 이제 배추와 무의 땅으로 거듭난다.

이곳의 감자 한 알은 제법 묵직했는데, 우리 감자는 어떨까? 내심 기대가 되면서도 걱정이다. 하지만 그 역시 가뭄에도 힘껏 살아낸 생명이니 가치로는 다르지 않다. 수확량은 적겠지만 하나를 먹더라도 온전히 먹는 방식으로 소중히 요리해야지. 장맛비가 시원하게 내린 뒤의 맑은 하늘을 기다린다.

꽃차

'아, 여름이구나!'

큰금계국은 내게 여름이 왔음을 알려주는 꽃이다.

여름이 왔다고
말해 주는 꽃

이맘때면 마을을 온통 샛노랑으로 물들이는 꽃이 있다. 길모퉁이에, 어느 할머니 집 대문 옆에, 마을회관 주변에, 논밭 둘레에 무리 지어 한가득 피어 있다.

'아, 여름이구나!'

큰금계국은 내게 여름이 왔음을 알려주는 꽃이다. 노란 코스모스같이 키가 크고 꽃의 생김새도 비슷한 국화과 꽃이다. 야생화도 아닌데 왜 이렇게 많을까 마을 토박이인 개구리 님에게 여쭤보니, 몇 년 전 홍천군청에서 씨앗을 무료로 배포했다고 한다. 집집마다 관상용으로 심은 것이다. 그 덕분에 나는 고되고 힘든 모내기 때도 일렁이는 노란 물결을 바라보며 마음의 땀을 식히곤 했다.

"이거 꽃차로 만들어 먹을 수도 있어!"

어느 날 친구가 놀러와서 생각지도 못한 방법을 알려주었다. 여태까지 그저 바라만 봤는데 먹을 수도 있다니, 흥미로웠다. 풀을 보면 실제로 먹을 수 있는지 없는지가 가장 궁금한 나는 당장 실행으로 옮겼다.

일단 꽃을 바구니 가득 따다가 물에 담궜다. 그러자 아주 작고 까만 벌레들이 둥둥 떠올랐다. 꽃술에 숨어 있던 이 녀석들은 여러 종류의 다른 꽃에서도 종종 보았다. 벌레가 더 이상 나오지 않을 때까지 열댓 번 씻었다.

그리고 친구가 알려준 대로 며칠 동안 잘 말린 뒤, 깊은 맛을 내기 위해 프라이팬에 덖었다. 이것으로 꽃차 완성! 바싹 말리고 나니 우글쭈글 작아졌지만 색깔은 더욱 짙어졌다.

작은 찻잔에 꽃 하나를 살짝 띄워 보았다. 물에 닿자마자 잉크처럼 노란색이 퍼져나간다. 그 빛깔이 어찌나 곱고 진한지 붓을 찍어 하얀 도화지에 색칠해도 될 것 같다. 샛노랑 물 위에 꽃이 피어 국화 향기를 은은하게 내뿜었다. 이런 걸 두고 눈으로 마신다고 하나 보다.

recipe
큰금계국차

1. 꽃을 꽃받침째 딴다.
2. 벌레가 나오지 않을 때까지 꽃이 망가지지 않도록 조심해서 여러 번 씻는다.
3. 바람이 잘 통하는 곳에서 말린다(집에서 2~3일 정도 소요된다).
4. 잘 마른 꽃을 프라이팬에 타지 않도록 덖는다(생략 가능하다).

큰금계국차는 한 번에 여러 개의 꽃을 우려도 향이 많이 진하지 않다. 때문에 홀로 마시기보다 다른 차와 섞어 고운 빛깔을 내는 데 쓰면 더욱 좋다.

참나무
가게

유기농
현미설기떡
3,000

빈비포장 대신
떡갈나무잎을
사용했어요

떡갈나무 떡

떡갈나무잎으로 떡 포장하는 방법을 궁리했던 건,

내 삶에서 비닐과 플라스틱을 몰아내려는

작은 시도에서부터 출발했다.

신통방통한
떡갈나무잎

　7월, 양평에서 열리는 장터에 장꾼으로 참여하게 되었다. 무엇을 가지고 나갈까 고민하다 먹거리 종류가 적다기에 '떡갈나무 떡'을 해가기로 했다. 더 정확히 말하면 떡갈잎으로 포장한 현미쑥설기다.

　지난해 친구들이 모내기를 돕겠다며 방방곡곡에서 와주었을 때, 그 마음이 너무 고마워서 이 떡을 선물했다. 언니네텃밭 꾸러미 회원이었을 때 처음 맛본 현미쑥설기는 내 입맛에 환상적이었다. 그 맛을 다른 친구들에게도 보여주고 싶었다.

떡을 준비하기 위해서는 먼저 밭에서 쑥을 뜯어야 한다. 불행인지 다행인지 우리 밭이 온통 쑥밭이라 손쉽게 많은 양을 채취할 수 있었다. 이 쑥을 유기농 현미와 함께 동네 방앗간에 맡겼다. 그리고 소다를 넣지 말아 달라는 당부를 드렸다. 보통 쑥떡의 색을 진하게 내기 위해 소다를 첨가한다는 사실을 최근에야 알았다.

떡갈나무잎으로 떡 포장하는 방법을 궁리했던 건, 내 삶에서 비닐과 플라스틱을 몰아내려는 작은 시도에서 부터 출발했다. 보통은 방앗간에서 비닐봉지에 하나씩 포장까지 다 해주신다. 그러나 나는 되도록 비닐 포장을 피하고 싶었고 바로 대안을 찾기 시작했다. 그러다 떠오른 질문 하나.

'비닐이 없던 옛날에는 떡을 어떻게 보관했을까?'

인터넷을 통해 떡갈잎으로 떡을 싸는 풍속이 었었다는 걸 알게 되었다. 떡갈잎에는 항균 물질이 있어 밥이나 떡을 싸 두면 더운 날씨에도 쉽게 쉬지 않는다는 이야기가 전해진다. 그래서 이름도 '떡갈나무'인 것이다. 바로 이거다 싶었다! 무모하지만 즐거운 시도가 될 듯했다.

장터 하루 전, 등산화 끈을 조여 매고 산으로 향했다. 산을 오르며 나뭇잎을 유심히 살펴보았다. 여섯 종류의 참나무 중에 신갈나무가 가장 많았다. 나무꾼들이 그 잎을 짚신에 깔아 신었다고 해서 신갈나무라 하는데, 잎의 크기나 생김새가 떡갈나무잎과 비슷해 자주 헷갈린다. 그럴 때는 잎 뒷면을 보면 쉽게 구분이 간다. 떡갈나무잎에는 하얀 털이 있어 만졌을 때 보드랍지만, 신갈나무 잎에는 털이 없어 매끈하다. 그리고 떡갈나무잎은 잎끝이 동그래서 더 귀여운 느낌이다.

떡갈나무는 드문드문했지만 다행히 포장하기에 충분한 양의 떡갈잎을 구할 수 있었다. 집으로 돌아와 한 장 한 장 물로 깨끗이 씻었다. 그러고는 물기를 말리기 위해 구슬을 꿰듯 긴 실에다 꿰어 공중에 매달았다. 초록색 손바닥이 줄지어 허공에 떠 있는 모습이 마치 설치미술 작품 같았다. 이것으로 나뭇잎 포장 준비를 마쳤다.

장터가 열리는 날 아침, 방앗간에서 주문한 떡을 찾아왔다. 네모난 설기떡에서 김이 모락모락 피어올랐다. 한입 떼어 맛을 보니 폭신폭신한 달콤함이 입안에 감돌았다. 감탄도 잠시, 포장 작업을 서둘러야 했다.

큰 이파리를 하나 놓고 그 위에 주걱으로 떡을 올린다. 그리고 다른 이파리로 덮는다. 틈새로 떡이 드러나지 않도록 꼼꼼하게 모양을 잡고 모서리를 예쁘게 접는다. 마 끈으로 선물 포장하듯 매듭지으면 드디어 하나 완성! 종이와 달리 쉽게 접히지 않아 시행착오를 여러 번, 시간도 적잖게 걸렸다. 친구들이 도와주었는데도 시간에 쫓겨 결국 반 밖에 떡을 포장하지 못했다.

고생한 덕분인지 장터에 내놓자마자 떡은 불티나게 팔렸다. 하지만 나는 시간이 지날수록 마냥 마음 편히 앉아 있을 수가 없었다. 7월의 더위를 예상하긴 했지만, 후덥지근한 공기는 나를 불안하게 만들었다. 사람들이 떡을 먹고 있으면 가서 맛이 괜찮은지, 쉬지 않았는지 묻고 또 물었다.

결국 한나절이 지나서야 한입 먹어보았다. 걱정과 달리 쉬기는커녕 햇볕이 따뜻하게 데워주어 막 찐 듯 보드랍고 맛있었다. 그제야 마음이 놓였다.

집으로 돌아와 남은 떡을 마저 포장해 냉동실에 얼려두었다. 그리고 생각날 때마다 하나씩 소중하게 꺼내 쪄먹었다. 그런데 놀랍게도 나뭇잎 향이 떡에 더욱 깊이 스며들어 훨씬 향긋한 게 아닌가? 떡갈나무잎에 떡을 싸서 쪘다는 조상님들의 지혜는 실로 대단한 것이었다. 우리 풍속에서 훌륭한 토종 지식을 하나씩 배워간다.

낯설고 다정한
시골 버스

버스를 타고 터미널로 가던 길이었다. 고개만 넘으면 도착인데 앞서 달리던 차 뒤꽁무니에 따라붙은 뒤로는 속도가 나질 않았다. 평소엔 도로가 한산해 좀처럼 그럴 일이 없는데 말이다. 앞으로 줄줄이 거북이 걸음이라 무슨 일인가 했더니, 맨 앞에 군용 탱크가 있었다. 하필이면 그 시간에 군사 훈련이 있던 것이다. 군부대가 많은 동네에 살다 보니 길에서 탱크를 마주치는 일이 다반사다.

무더운 날 시원하게 달리지 못하는 버스 안에서 하

시골 버스

기사님이 밭에서 따온 거라며 노란 자두 하나를 건넸다.

예상치 못한 선물에 순간 멈칫했다가

얼른 감사 인사를 하고 받았다.

'아, 여기 시골이지.'

릴없이 멍하니 앉아 있는데 기사님이 밭에서 따온 거라며 노란 자두 하나를 건넸다. 예상치 못한 선물에 순간 멈칫했다가 얼른 감사 인사를 하고 받았다.

'아, 여기 시골이지.'

서울에서도 대중교통을 수없이 이용했지만 기사님과 대화나 먹을 걸 나눈 적은 처음이었다. 시골 버스에서의 이런 상황이 재밌고 신기하다 생각하며 자두를 한입 깨물었는데, 윽! 신맛에 정신이 번쩍 들었다.

"졸릴 때 하나씩 먹어. 그래서 기사들이 항상 이런 걸 가지고 다녀. 약을 먹어도 안 되고, 커피를 마셔도 안 되고. 그런데 이걸 먹으면 괜찮아."

백미러를 통해 잔뜩 찡그린 내 표정을 보셨는지 기사님이 화답하듯 말씀하셨다. 문득 동네 분들이 농산물을 선물하기도 하는지 궁금해 여쭤보았다.

"그럼, 그럼. 그런데 막 빽빽대는 기사들이 있어. 그런 사람들은 어림도 없지. 하나도 못 받아."

연세 지긋하여 다리가 불편한 어르신들이 집 앞에 세워 달라 요구하곤 하는데, 그 청을 몇 번 들어드렸더니 감사의 표시로 먹을 걸 건네주신다고 했다. 심지어 어떤 할머니는 버스 운행시간표를 외우고 있다가 마음에 드는 기사님 시간에 맞춰 나오신다고. 요즘엔 고야나 자두처럼 마당에 심어놓은 과실나무 열매를 따다가 건네는 모양이다. 곧 있으면 옥수수를 받으시겠지.

그런데 기사님 입장에서는 정류장이 아닌 곳에서 세워주는 게 쉬운 일이 아니란다. 만약 그랬다가 사고가 나면 모든 책임이 운전기사에게 있기 때문이다. 적지 않은 과태료를 내거나 경위서를 써야 할 수도 있다.

그런 줄 모르는 승객들의 부탁을 거절하면 나쁜 놈이라는 욕까지 들으니 오죽 억울할까. 나 역시 시골은 도시와 달리 한산하고 인심이 좋으니까 으레 그런가 보다 했다. 하지만 기사님으로서는 적지 않은 부담을 갖고 몸이 불편한 어르신들을 배려하고 있었던 거다.

또 이런 일도 있었다. 터미널로 향하는 길, 버스 운행이 지연되면서 직행버스 시간에 맞춰 도착할 수 있을지 아슬아슬한 순간이었다. 결국 뒷자리에서 볼멘소리가 나왔다.

"아저씨, 더 빨리 갈 수 없어요? 아유, 우리 서울 가야 되는데. 오늘은 평소보다 시내버스가 왜 이렇게 늦게 왔지? 버스 놓칠 것 같으네."

그 차를 타야 하는 나 역시 몹시 불안했던 터라 그분의 말이 내심 반가웠다.

"버스가 몇 시에 있는데요? 20분 차? 알겠어요."

과속하진 않으셨지만 기사님은 시계를 자주 체크하며 신경써주셨고 버스는 딱 맞춘 시간에 터미널에 도착했다. 하지만 맞은편엔 이미 직행버스가 와 있었다.

'아아, 큰일이다. 저걸 놓치면 1시간을 기다려야 하는데!' 그때 기사님이 물었다.

"저 버스 잡을까요?"

"네!" 하고 내가 다급히 대답하자 기사님은 맞은편 직행버스에 손을 흔들며 신호를 보냈다. 그 사이 문이 열렸고 뒷자리에 앉아 있던 중년 부부는 내리자마자 부랴부랴 매표소로 달려갔다. 나는 이 급박한 순간에 표를 사야 하는지 머뭇거렸고, 일단 승차한 뒤 표를 구매하라는 직행버스 기사님의 조언에 안도하며 버스에 올랐다.

그날 약속에 늦지 않았던 건 우리를 실어다준 버스 운전기사님들의 배려 덕분이었다. 타인의 배려를 경험하고 나면 나 역시 누군가를 배려하고 돕겠다는 부드러운 선의가 생겨난다. 하루가 멀다 하고 터지는 사건 소식에 냉소하지 않고 온기 품으며 살아갈 수 있는 이유이기도 하다.

　　오늘도 시골 버스는 굽이굽이 따뜻한 정을 실어 나른다.

장터

시시장에는 작은 것이 만들어내는 다정함이 있다.

판매자와 구매자가 서로 잘 아는 이웃인 듯 정답고

모두의 얼굴엔 웃음이 가득하다.

작고 시시해도 괜찮은
정다운 시장

　　토요일 아침, 버스와 지하철을 통과해 경기도 양평 양수리로 들어서자 숨이 턱 막혔다. 한여름의 아스팔트는 더운 공기를 끊임없이 토해내고 있었고, 도로는 도시에서 나들이 나온 차량들로 주차장이 되어버린 듯했다.

　　'정말 이 거리에서 장터가 열리는 걸까?'

　　장터가 열린다는 골목은 의구심이 들 만큼 한산했다. 하지만 의아함도 잠시, '두머리부엌'에 다다르자 천막 아래로 반가운 얼굴들이 보였다.

'정성껏 만든 물건, 작년에 받아둔 씨앗, 헌옷, 헌책. 시시해도 괜찮은 시시장.'

이것이 시시장의 슬로건이다. 이곳의 크기는 정말 시시하다. 지역마다 있는 잘 알려진 장터처럼 생각하고 왔다간, 디귿자 골목이 전부인 작은 규모에 실망할지도 모른다.

하지만 시시장에는 작은 것이 만들어내는 다정함이 있다. 판매자와 구매자가 서로 잘 아는 이웃인 듯 정답고 모두의 얼굴엔 웃음이 가득하다. 이곳은 두머리부엌 조합원들이 정성껏 기획하고 만들어가는 소소한 마을 장터다. 이런 분위기에 반해 실은 예전부터 꼭 한번 참여해 보고 싶었다. 그래서 2년 만에 다시 문을 연다는 소식을 접했을 땐 얼마나 반가웠는지!

내 가게 이름은 '참나무가게.'

숲속의 참나무는 다람쥐와 멧돼지를 먹이고 남은 도토리의 일부를 내게 주었다. 또 손바닥보다 큰 나뭇잎도 잔뜩 주었다. 그 덕분에 도토리 목걸이를 만들고, 비닐 대신 떡갈나무잎으로 떡을 포장할 수 있었다. 그래서 나무에게 고마운 마음을 담아 참나무가게라는 이름을 지었다.

"뭐 가져왔어요?"

가방을 내려놓는 순간 친구가 물었다.

"도토리 목걸이랑 떡이요."

"어, 마침 배가 너무 고팠는데 1개 주세요."

개시를 했다는 기쁨도 잠시, 뒤늦게 도착한 탓에 어느덧 점심시간이 가까워졌다는 걸 깨달았다. 주변 사람들의 도움을 받아 자리를 깔자마자 손님이 모여들어 허둥지둥 떡을 팔았다. 안 팔리면 어쩌나 내심 걱정했는데 시작부터 기분이 좋았다.

떡은 불티나게 팔렸지만 도토리 목걸이는 정오의 햇볕에 달궈지고만 있었다. 그때였다. 어린 세 자매가 다가왔다. 누가 봐도 자매라는 걸 단박에 알 수 있을 만큼 닮았다. 아이들은 저마다 목걸이를 하나씩 집어 들고서 목에 걸었다.

제법 마음에 들었나 보다. 초등학교 5학년 정도로 보이는 가장 큰 아이가 또랑또랑한 목소리로 말했다.

"아, 이거 너무 예쁘다. 사고 싶은데, 그런데 너무 비싸. 아, 만 원밖에 없는데…."

　　물건 값을 깎아 달라는 말은 절대 하지 않았다. 혼잣말을 누구 들으란 듯이 조금 큰 소리로 말했을 뿐! 그 모습이 귀여워 나는 아이의 귀에다 대고 소곤소곤 말했다.

　　"특별히 첫 손님이니까 오천 원에 해줄게. 살래?"

　　"네!"

　　아이가 방긋 웃으며 대답했다.

　　아이는 나중에 다시 와서 떡도 하나 구매해 무려 용돈의 80퍼센트를 참나무가게에서 썼다. 이 우량고객은 그 뒤로도 자주 오가며 내게 장난스레 말을 걸곤 했다.

　　"나는 이 가게가 제일 재밌는 것 같아요."

　　아이가 건넨 뜻밖의 고백에 미소가 번졌다. 첫 번째 출점부터 아무래도 단골이 생긴 것 같다.

　　손님이 올 때마다 기쁘면서도 어찌할 줄 모르는, 나 같은 어설픈 장꾼이라도 이곳 시시장에서라면 괜찮다. 농부는 건강한 채소를, 목수는 나무숟가락이나 지우개 도장으로 찍은 손수건을, 도예가는 그릇을 판다. 나전칠기를 배운 사람은 깨진 그릇을 수리해 주고, 노래하는 사람은 즉석에서 음악을 처방해 주고, 미니멀리즘을 지향하는 사람은 더 이상 필요치 않은 물건을 내놓는다.

골목이 좁아 옹기종기 모여 앉아야 하니 일부러 판매대를 채우기 위해 애쓰지 않아도 된다. 이렇듯 시시장은 수박 주스를 파는 아이부터 직접 돌본 채소를 판매하며 막걸리 한잔하시는 할머니까지, 모든 이들이 자연스레 어우러지는 '꽤' 괜찮은 시장이다.

여운이 남아 집으로 돌아가는 길 내내 기분이 붕 들떴다. 떡은 완판하고 도토리 목걸이는 반 정도 팔았다. 번 돈으로 친구들이 만든 예쁜 물건을 잔뜩 산 것도 만족스러웠다. 낑낑대며 1시간 반 동안 이고 지고 간 가방이 홀쭉해져 발걸음이 참 가벼웠다.

파치

언니가 건네준 봉지 안에는 옥수수와

못생긴 오이가 잔뜩 들어 있었다.

못생겨도 괜찮아

이웃 농부님의 유기농 가지 밭에는 바닥 여기저기에 가지가 떨어져 있곤 했다. 겉으로 보면 딱히 벌레 먹은 데 없이 말끔한데도 말이다. 우리는 없어서 못 먹는 귀한 가지가 이곳에서는 그냥 이렇게 버려지는 걸까? 거름으로 돌아간다 해도 너무 아깝다는 생각이 들었다.

'아저씨를 만나면 가져가도 되는지 여쭤봐야지.'

그렇게 생각만 하길 1년 째. 드디어 주인아저씨와 마주쳤다.

"아저씨, 땅에 떨어진 거 저희가 가져가도 돼요?"

버려진 지 며칠이 지나 말랑말랑 쭈글쭈글한 가지 하나를 들어 보이며 물었다.

"왜, 더 좋은 거로 가져가지. 그건 버려."

아저씨는 당장 전지가위를 들고 성큼성큼 밭으로 들어가셨다. 앗! 설마설마했는데 길게 뻗은 가지 몇 개를 따 주시는 게 아닌가.

"아니, 이게 아닌데…."

괜스레 죄송해져 쭈뼛거리고 있는데, 아저씨가 건네 주신 가지를 자세히 들여다보고선 풉 웃음이 터졌다. 옆구 리에 작은 팔이 달려 있는 재밌는 모양의 가지였다.

어딘가 모양이 이상하거나, 크기가 작거나, 벌레가 갉아먹어서 상품성이 떨어지는 것을 '파치'라고 부른다. 그 렇다고 맛과 영양이 다른 것은 아니다. 단지 모양이 예쁘지 않아 소비자가 사지 않는다는 이유로 유통업체에서 아예 받지 않는다. 상품으로서의 가치가 없는 것이다. 집에서 요 리해 먹고 이웃에게 나눠주는 데도 한계가 있어, 그냥 땅바 닥에 버릴 수밖에 없는 채소들. 덕분에 우리는 농사짓지 않고도 여러 가지 채소를 거저 얻곤 했지만 참 안타까운 일이다.

파치가 아니어도 농촌에는 버려지는 채소가 넘쳐난다. 농사가 잘되는 해에는 채소 값이 떨어져 다 된 밭을 엎어버리고, 농사가 잘 안 되면 작물을 중간에 뽑아버리는 일도 흔하다. 일례로 지난해에는 노랗게 잘 익은 성주 참외가 풍작이라 1킬로그램 당 150원에 팔려 퇴비가 되어버린 일이 있었다.

농업 기술이 발전해 식량 생산량이 월등히 늘었지만, 돈이 되지 않는다는 이유로 쓸모없어지는 식량도 덩달아 늘었다. 현대 기술이 전 세계 사람들을 먹여 살린다는 말은 정말 사실일까? 흙먼지 속에 나뒹구는 채소들을 만날 때면 머릿속이 어지러워진다.

"어디야? 집이야? 지금 바로 올 수 있어? 와서 옥수수 가져가."

정자 언니에게서 전화가 왔다. 이 무더위 속에서 오늘도 옥수수를 따셨나 보다. 언니가 건네준 봉지 안에는 옥수수와 못생긴 오이가 잔뜩 들어 있었다. 울퉁불퉁하고 꼬부라졌지만 지독했던 가뭄과 더위를 견딘 이 오이에는 두 계절 언니의 땀이 오롯하게 담겨 있다. 못생기면 어떤가.

갈대 빨대

음료를 받으면 가방에서
갈대 빨대를 꺼내 우아하게 꽂는다.
화룡점정 친환경 빨대로
비로소 기품 있는 카페 생활이 완성된다.

지구를 위한
가내수공업

'갈대로 만든 빨대 같은 게 있으면 좋겠다. 플라스틱 빨대를 쓸 때마다 미안한 마음이 들어.'

우연히 SNS에 누군가가 쓴 글을 읽었다. 전통복장을 입은 사람들이 기다란 갈대를 통에 꽂아 마시는 사진과 함께 말이다. 낯설지만 자연 친화적이고 멋져 보였다.

'밭에 가면 갈대가 잔뜩 있는데, 내가 한번 만들어 볼까?'

이렇게 시작은 가벼웠다.

갈대가 밭을 뒤덮은 이유는 이곳이 일전에 물을 가두는 논이었기 때문이다. 물을 좋아하는 갈대 사이에 토란을 심느라 봄에 아주 고생을 했다. 뿌리가 어찌나 단단하고 질긴지 겨우 하나를 캐내는 데도 땀을 바가지로 흘렸다. 이런 갈대의 특성을 알고 나니 우스운 생각이 떠올랐다.

흔히 여자의 마음은 갈대라고들 한다. 바람에 이리저리 줏대 없이 흔들리는 모습을 빗대어 하는 말이다. 그런데 실상 갈대는 땅속에 굳게 뿌리내리고 있어 결코 쉽게 뽑히지 않는다. 더구나 굵은 뿌리줄기로 연결되어 서로 의지하며 살아간다. 그런 점에서라면 갈대와 여자는 닮은 듯하다.

이참에 지구를 사랑하는 마음으로 갈대 빨대를 만들어 친구들에게 나눠주자 결심했다. 그러나 막상 해 보니 그 과정이 결코 생각만큼 쉽지 않았다.

이파브르의 가내수공업 빨대 공장은 이렇게 돌아간다. 먼저 낫으로 갈대를 한아름 베어와 톱으로 쓱싹 빨대 길이만큼 자른다. 굵은 바늘로 마디 속을 뚫고, 사포질로 양 끝을 매끄럽게 다듬은 다음, 펄펄 끓는 소금물에 삶아

살균한다. 그런 다음 쨍쨍한 햇볕에 3일 동안 잘 말려서 갈대 빨대를 완성한다.

이렇게 정성스럽게 만든 빨대를 외출할 때마다 가지고 다니는데, 특히 카페에서 그 빛을 발한다. 음료를 주문할 때는 꼭 "유리컵에 주시고요, 빨대는 빼주세요"라고 말해야 한다. 그래야 카페 직원이 너무나 친절한 나머지 플라스틱 빨대를 꽂아주는 대참사를 막을 수 있으니까. 음료를 받으면 가방에서 갈대 빨대를 꺼내 우아하게 꽂는다. 화룡점정 친환경 빨대로 비로소 기품 있는 카페 생활이 완성된다.

이렇게 공들여 만든 갈대 빨대를 맨 처음 SNS로 영감을 주신 분에게 보내고, 자주 만나는 친구들에게도 나눠줬다. 점차 갖고 싶어 하는 사람들이 생겨나 주문을 받아 판매까지 하게 되었다. 최근 뉴스와 다큐멘터리의 영향으로 비닐, 플라스틱 쓰레기에 대한 문제의식이 높아진 듯했다.

밭농사를 훼방 놓는 골칫덩이인 줄로만 알았던 갈대가 오히려 지구를 살리고 나를 먹여 살린다. 이렇게 되니 오히려 갈대에게 고마운 마음이 깃든다.

모두가 쉽게 쓰고 버리는 일회용 빨대를 사용하지 않고 조금의 불편을 감수하면, 바다 거북이의 콧구멍이 막히는 일은 없을 거다. 고래가 비닐로 배를 채우는 일도 없어야 한다.

우리가 당장이라도 힘써 실천해야 하는 중요한 일 가운데 하나는, 지구를 깨끗이 빌려 쓰고 다음 세대에게 온전히 돌려주는 일이 아닐까.

형광색 플라스틱 열대어나 비닐봉지 해파리가 아니라 진짜 살아 있는 바다를 보고 싶다.

가
을

할머니 씨앗 조사단

할머니는 오로지 하나의 요리를 위해

30년 넘게 씨앗을 이어오고 계셨다.

할머니가 지켜온
맛과 추억

나는 오래된 것을 좋아한다. 손때 묻은 물건에 깃든 옛 이야기에는 낭만이 있다. 외할머니 집 창고에 있던 낡은 나무 찬장은 그야말로 보물상자였다. 누렇게 바랜 사진과 전단지, 촌스러운 마크가 찍힌 유리컵, 먼지 쌓인 소쿠리. 내가 살아보지 못한 시대를 상상하게 만드는 물건들에서 낯설고도 애틋한 기분을 느꼈다. 애진 언니가 오래된 씨앗을 찾으러 간다고 했을 때 따라나설 수밖에 없었던 이유다.

이틀간 나는 토종씨앗 조사단원이 되었다. 점점 사

라져가는 종자를 보존하기 위해 '전여농 강원도연합'에서 '토종씨드림'과 함께 홍천 지역의 씨앗을 수집한다고 했다. 내가 사는 마을에서 차로 1시간 정도 떨어진 내촌면과 서석면부터 문을 두드리기 시작했다.

똑똑.

"계세요~"

이튿날 두 번째로 찾아간 집은 산속 깊은 곳에 있었다. 한 이웃으로부터 이 집에 오래 전부터 심어온 특별한 감자가 있다는 이야기를 듣고서 방문했다.

한참 뒤 세련된 투블럭 파마머리를 한 할머니가 꽃무늬 앞치마 차림으로 나오셨다. 많은 사람들을 보고 어리둥절하시다 이웃의 소개를 받고 이내 마음을 풀어놓으셨다.

"할머니, 씨앗 좀 보여주실 수 있으세요?"

"다 팔고 파치 조금 남아 있는데."

할머니는 우리를 창고로 데리고 가 수레를 보여주셨다. 그 안에는 너무 작거나 흠집이 있어 팔리지 못한 감자가 쭈그리고 있었다. 언뜻 보았을 때는 흔히 볼 수 있는 감자처럼 보였는데, 자세히 보니 감자의 눈이 분홍색이다. 할머니는 이 품종의 이름은 따로 없다고 하셨지만, 나중에 마을회관에서 만난 다른 주민 분에게 그 이름을 들을 수 있었다. 그건 바로 '눈뻘개감자!' 이름 한번 잘 지었다 싶어 모두가 한바탕 웃었다.

할머니는 메옥수수도 가지고 계셨다. 사실 강원도는 찰옥수수가 맛있기로 유명하다. 쪘을 때 쫀득쫀득하고 찰기가 있어 사람들이 좋아하니 농부들은 모두 찰옥수수만 심는다. 옛날 옥수수라고 불리는 메옥수수는 퍼석하고 맛이 없단다. 그런데도 할머니는 왜 메옥수수를 심는 걸까?

"올챙이국수 해 먹으려고 심지."

나는 아직 이 별미를 먹어보지 못했다. 나중에 "맛이 어때요?" 하고 언니들에게 물어보니, "밍밍한 게 딱 강원도의 맛"이라는 대답이 돌아왔다. 어떤 이들에게는 심심한 맛일지라도 할머니는 어릴 적부터 혀에 새겨진 감각을 간직하고 있었다.

식당에서 파는 올챙이국수는 가축 사료용으로 개

량된 메옥수수를 쓴다고 한다. 옛날부터 전해져 온 옥수수 씨앗으로 만든 것과 맛의 차이가 있을 수밖에 없다. 어쩌면 우리는 올챙이 국수의 참맛을 느끼기가 어려울 수도 있겠다. 할머니는 오로지 하나의 요리를 위해 30년 넘게 씨앗을 이어오고 계셨다. 이 얼마나 낭만적인 일인지!

할머니가 서랍 속에 소중히 보관해 온 씨앗에는 맛의 추억이 담겨 있었다. 이렇게나마 토종씨앗이 살아남을 수 있었던 건, 자본에 휘둘리지 않고 누군가에게 의지하지 않으며 농사부터 요리까지 손수 다 하시는 할머니들이 있기 때문이다.

농사는 지을 줄 알아도 요리할 줄 모른다면, 농사를 반밖에 못하는 거라고 생각한다. 맛있게 요리해 먹을 수 있으면 작물을 보는 관점이 달라져 농사가 더 재미있고 소중해진다. 또 반대로 밥을 먹는 우리 모두가 먹을 것을 손수 길러보는 경험을 해 봤으면 좋겠다. 나의 밥상이 어디에서 시작되고 어떻게 만들어지는지 안다면 먹거리뿐만 아니라 삶도 더 풍성해질 것이다.

이런 이야기를 듣는 게 재미있어 피곤함도 잊고 이

집 저 집 할머니들을 찾아뵈었다. 긴 세월 생활의 지혜가 담긴 살림살이 구경도 빼놓을 수 없는 즐거움이었다.

오래된 씨앗과 함께 살아가는 할머니야말로 소중하고 아름다운 문화유산이다. 우리가 발굴한 씨앗들은 손에서 손으로 이어져 할머니의 이름과 함께 계속 이 땅 위에 살아남을 것이다. 그렇게 나도 씨앗을 이어 심는 할머니가 되고 싶다.

이파브르 곤충기

　노린재라는 곤충이 있다. 내가 아는 노린재는 어릴 적 공원이나 학교 화단에서 흔히 볼 수 있었던 연두색 곤충이다. 언젠가 잡았다가 불쾌한 냄새를 맡았던 기억이 있다. 못생긴 외모에 냄새는 또 어찌나 고약한지, 그에 딱 맞는 이름이라고 생각했다. 그래서 나는 노린재라면 아주 질색팔색했다. 시골에 와서 이들을 다시 만나기 전까지 말이다.

　첫해 봄, 양배추 잎이 한창 커지는 시기에 강적을 만

6mm

어린 톱다리개미허리노린재

홍줄노린재

어린 광대노린재

비단노린재

큰광대노린재

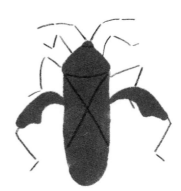

장수허리노린재

노린재

음식 취향이 같은 우리는

자꾸만 마주칠 수밖에 없는 운명.

그렇다면 그들을 배척하기보다 사이좋게 지내고 싶다.

났다. 배추흰나비 애벌레와 더불어 처음 보는 작은 곤충이 잎을 먹고 있었다. 아니, 자세히 보니 주둥이를 꽂아 즙을 빨고 있었다.

　　인터넷 검색창에 양배추와 해충이란 키워드를 넣어보고서 녀석의 정체가 '비단노린재'라는 걸 알았다. 검은 바탕에 노란 줄무늬가 있는 모습이 제법 귀여워 차마 죽이진 못하고 잡아서 다른 풀에 놓아주기를 반복했다. 결과적으로 양배추 농사는 녀석들 때문에 망했지만, 대신 곤충을 관찰하는 취미가 생겼다.

　　풀숲을 가만히 들여다보니 그곳엔 그들만의 세계가 있었다. 노린재는 작은 머리에 비해 크고 단단한 방패 모양의 몸을 가지고 있어 비교적 쉽게 알아볼 수 있다. 노린재는 다양한 매력을 가지고 있어 나는 금세 그들에게 푹 빠져들었다. 그중에서도 먼저 콩과 식물을 좋아하는 두 녀석을 소개하고 싶다.

　　'장수허리노린재'는 내가 가장 좋아하는 노린재다. 흔치 않아 어쩌다 마주치면 꼭 손으로 잡아본다. 킁킁, 냄새를 맡기 위해서다. 이게 무슨 소리인가 의아하겠지만, 이

노린재는 마치 전사처럼 까맣게 그을린 피부에 근육질 뒷다리와 커다란 몸을 하고선 달달한 향기를 내뿜는 반전 매력이 있다.

그것은 마치 사과향 같아서 자꾸만 코를 벌렁거리게 된다. 나만의 느낌일지 몰라도 향수로 만들고 싶을 만큼 향이 좋다. 청소년기인 약충일 때는 성충과 다른 시원한 방향제 같은 향을 내뿜는다. 덕분에 노린재라고 다 같은 냄새를 풍기는 것이 아님을 알게 되었다.

콩 줄기나 콩깍지에 빨대를 꽂은 곤충을 발견한다면 십중팔구 '톱다리개미허리노린재'일 것이다. 개체 수가 많은데다 눈치는 또 어찌나 빠른지, 잡으려 하면 벌처럼 표표히 날아가 버리기 때문에 농부들에게 아주 골칫덩어리다.

그런데 얘도 알고 보면 좀 특별하다. 나는 단 한 번도 이 노린재의 어린 약충을 본 적이 없다. 몹시 궁금해서 도감을 찾아보고서도 '웬 개미 사진이 있지?' 하고 의아했다. 편집 실수로 사진을 잘못 실은 모양이라고 생각했다.

그런데 그게 아니었다. 정말 이 노린재의 약충은 긴 주둥이를 가슴 밑으로 쏙 감추고선 개미인 척하는 게 아닌가! 나는 어쩌면 이미 이 영리한 녀석과 마주쳤을지도 모른다.

이외에도 아주 아름다운 무늬를 가진 노린재들이 많다. '홍줄노린재'는 고수, 당귀, 딜 등 향신료로 많이 쓰이는 미나리과 식물의 꽃을 먹고 산다. 매혹적이고 선명한 오렌지색의 세로 줄무늬는 어느 솜씨 좋은 디자이너가 그려놓은 듯하다.

사과나무에서 발견한 '큰광대노린재'는 눈길을 확 잡아끌 만큼 독보적인 외모를 뽐낸다. 블링블링한 무늬가 어찌나 화려하고 예쁜지, 브로치인 척 외투에 붙이고 싶은 생각도 들었다.

그런가 하면 동글동글한 '광대노린재' 약충은 전혀 다른 무늬를 가졌다. 등딱지에서 입을 크게 벌리고 하하 웃고 있는 사람의 얼굴이 보인다. 그 유쾌한 발견이 기뻐서 나도 따라 웃었다. 그러고 보면 광대노린재는 어려서부터 어른이 되어서까지 주위를 환하게 밝히는 재주를 가진 게 아닌가.

나는 산과 밭에서 매일매일 새로운 노린재를 발견했

다. 그만큼 수많은 종이 있는 데 반해 알려진 바가 거의 없어 놀랐다.

노린재를 박멸하는 방법은 넘쳐나지만 생태에 관해 내가 궁금한 것들, 이를테면 왜 알은 캡슐 모양인지, 어떻게 알을 통조림 캔처럼 따고 나오는지, 유충들은 언제까지 와글와글 모여 사는지 등에 대한 지식은 쉽게 찾을 수 없었다. 파브르의 오래된 기록 덕분에 일부는 해소할 수 있었지만, 많은 사람에게 노린재는 그저 작물을 해치는 해충으로 여겨지는 것 같다.

내가 자꾸 노린재에게 관심을 두는 이유는 단순한 호기심 때문이기도 하지만, 농사를 지으며 살고 있기 때문이다. 음식 취향이 같은 우리는 자꾸만 마주칠 수밖에 없는 운명. 그렇다면 그들을 배척하기보다 사이좋게 지내고 싶다.

곤충의 생태를 잘 알게 되면 해하는 방식 대신 공생할 수 있는 평화로운 대안을 찾을 수 있지 않을까. 그런 기대를 안고, 집으로 돌아가는 길가에 쭈그려 앉아 개미 행렬을 가만히 응시하던 내 어린 시절의 파브르를 불러내 본다.

시골 학교

사람이 적고 작은 마을이라서 그런지
아이들은 나이나 성별의 경계 없이 서로 잘 어울려 놀았다.

마을을 가로지르는
또 다른 학교

　　시골에서 무엇으로 돈을 벌 수 있을지 와 보기 전까지진 알 수 없었다. 막상 와 보니 의외로 젊은이가 필요한 일자리가 꽤 있었다. 군부대 지역이라 편의점 아르바이트가 가능했고, 배추나 옥수수 수확철에는 품팔이도 많이 하곤 했다. 하지만 무엇보다 인근 초등학교에서 통학 버스 탑승 도우미로 일한 것이 가장 기억에 남는다. 이 일을 통해 알게 된 학교의 모습은 도시와 많이 달라서 흥미로웠다.

　　면접을 보러 갔을 때, 누구보다도 교감 선생님이 반

갑게 맞아주셨다. 마을에 젊은이가 없어 그동안 할머니들이 이 일을 해왔는데 건강상의 이유로 오래하지 못하셨다고 한다.

사실 하는 일은 간단하다. 아이들의 등하교 시간에 맞춰 하루에 두 차례, 버스를 함께 타고 다니며 안전한 승하차를 돕는 일이다. 아이들이 모두 안전벨트를 맸는지 확인하고, 길을 안전하게 건너도록 돕고, 자는 아이는 깨워서 내려주는 일 등이었다.

줄곧 도시에서 자란 나에게 시골학교는 온통 신기한 것 투성이었다. 아이들은 다리를 건너고 산을 넘어야 갈 수 있는 마을에 살고 있었다.

어느 날은 학부모가 기획한 '아빠와 함께하는 1박 2일 캠프'에서 일을 도왔다. 그곳에서 내 또래로 보이는 젊은 아빠들을 만났다. 호기심에 말을 걸어 보니 이들은 군인이자, 한 아이의 아빠'들'이었다. 부모 없는 아이의 아빠가 되어 휴일이면 함께 놀고, 아이가 성인이 될 때까지 금전적 지원을 한다고 했다. 이 마음씨 고운 아빠들은 군용차에 장비를 싣고 와 아이들에게 붕어빵과 떡볶이를 요리해 나눠주기도 했다.

통학 버스 운전기사님이 한동네 아저씨라는 점도 재밌다. 아이들의 잘못을 무섭게 호통치다가도 아빠 친구의 모습으로 "저녁 때 너네 집에 갈 거야. 조금 이따 또 보자"라며 정답게 인사한다. 아이들은 아저씨가 미우면서도 도저히 미워할 수 없는 관계 속에 놓여 있었다. 또 기사님은 길 위에서 마주치는 모든 사람들을 알고 있었다. 차를 멈추고 안부를 묻거나 농담을 건네는 모습도 자주 볼 수 있었다.

매일 아침 저학년 아이들은 보호자의 손을 꼭 잡고 버스를 기다린다. 배웅하러 나온 사람 중에는 외국인 엄마도 있고 할머니도 있다. 알고 보니 전체 학생의 절반쯤은 엄마가 외국인이고, 부모 중 한 분만 있거나 할머니와 단둘이 사는 아이들도 제법 있었다. 많은 가족이 사회에서 말하는 이른바 '정상 가족'에서 벗어난 형태를 띠고 있었다.

하지만 다행히 그로 인해 차별당하는 아이는 없었다. 6학년생부터 유치원생까지, 학교에 다니는 43명의 아이들은 두루 친하게 지냈다. 내 어린 시절 숱하게 경험했던 학교 폭력이 이곳에는 없었다. 사람이 적고 작은 마을이라서 그런지 아이들은 나이나 성별의 경계 없이 서로 잘 어울려 놀았다.

시골이라서 가능한 교육 과정도 있었다. 학교 옆에 딸린 작은 텃밭 농사가 그렇다. 각 구역마다 표지판에 아이들의 이름을 써놓고 전 학년이 함께 농사를 짓는다. 그리고 수확물이 생기면 저마다 조금씩 나눠 갖는다. 어릴 때부터 먹거리를 길러내 본 경험은 아이들에게 든든한 자립 기반이 되어줄 것이다. 물론 집에서 할머니가 자꾸 고추 따라고 시켜서 농사라면 질색하는 아이도 있긴 하지만.

그리고 한 달에 최소 한 차례 체험학습도 진행한다. 멀리는 속초까지도 가지만 대체로 가까운 농장에 간다. 한 유치원생의 가족이 운영하는 목장에서 직접 우유를 짜는 등 마을 안의 자원을 많이 이용하려 한다. 나는 그런 점이 참 좋다고 생각했지만, 새로운 경험이 적다는 지역적 한계도 있는 모양이다. 낭랑한 목소리로 불만을 토로하는 여섯 살 유치원생의 말에 웃음이 빵 터졌다.

"어린이집 다닐 때 ○○포도원 갔죠, 공부방에서 또

○○포도원, 유치원에서 체험학습 한다고 또 ○○포도원, 벌써 세 번째예요. 아유 지겨워 죽겠어요!"

나름대로 관찰하는 재미가 있는 일자리였지만, 나 역시 할머니들과 마찬가지로 오래 일하지 못했다. 일하는 시간은 짧아도 하루에 두세 번, 하던 일을 중단하고 학교를 왔다갔다하는 것이 꽤 고단했다. 6개월간의 시골 학교 일은 학기 종료와 동시에 막을 내렸다.

지금도 가끔씩 길에서 통학 버스와 마주친다. 그럴 때면 여행하듯 고개를 넘으며 보았던 창 너머의 짙은 풍경과 아이들 얼굴이 떠오르곤 한다.

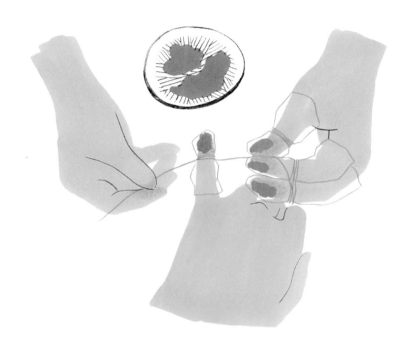

가을색 손톱

따뜻한 차와 함께 친구와 두런두런 이야기 나누며

서로의 손톱을 가을색으로 물들이던 밤.

봉숭아꽃
물들이기

양평 부용리에 사는 친구네서 하룻밤 머물 때였다. 이불을 깔고 자려는데, 친구가 서랍을 스륵 열더니 뭔가를 주섬주섬 꺼냈다. 백반과 비닐봉지였다. 봉지 안에는 다홍색 봉숭아꽃이 들어 있었다.

"봉숭아물 들이려고 데레사 님 밭에서 따온 거야."

"봉숭아꽃이라니, 이게 얼마만이야."

우리는 신나서 그날의 피곤함도 잊고 늦은 밤 테이블 앞에 마주앉았다.

마지막으로 봉숭아물을 들인 게 언제더라? 어렸을 적 시골 할머니 댁에 놀러가면 종종 했지만, 도시에서는 까마득하기만 한 기억이다. 게다가 요즘엔 번거롭게 봉숭아 꽃을 찾아다닐 필요가 없다. 문방구에서 '봉숭아 물들이기 키트'를 손쉽게 구입할 수 있기 때문이다.

　　통학 버스 아르바이트를 할 때, 한 아이가 가방에서 주말 동안 쇼핑한 것을 하나하나 꺼내 보이며 자랑하던 물건 중에도 그것이 있었다. 아이가 사는 마을도 조금만 둘러보면 봉숭아꽃을 볼 수 있는 곳이라 나는 조금 충격을 받았다. 여러 물품을 자급할 수 있는 시골에서도 돈으로 사는 게 익숙한 시대다.

　　이런 이야기를 나누는 동안 친구가 작은 절구로 봉숭아를 빻기 시작했다. 백반도 듬뿍 넣었다. 툭툭. 꽃잎은 금세 잘게 짓이겨져 빠알간 즙을 촉촉하게 머금었다. 쿵쿵, 그리운 향기가 풍겼다. 그사이 나는 실과 비닐장갑을 잘랐다. 아쉬운 대로 비닐장갑을 사용하긴 했지만, 다 쓴 뒤 잘 씻어서 내년에 또 봉숭아물 들일 때 쓰면 좋겠다고 생각했다. 이제 모든 준비가 다 되었다.

따뜻한 작두콩 차를 홀짝이며 서로의 손톱 위에 봉숭아를 얹어주었다. 왼손부터 오른손, 마지막 두 집게손가락까지, 차례대로 물들였다. 비닐장갑을 조심조심 씌우고 약간 느슨한 느낌으로 실을 둘러 묶었다.

"데레사 님이 그러는데, 추석 전에 봉숭아 물을 들여야 진한 색을 낼 수 있대."

친구의 말에 다음 날 아침까지 얼마나 설렜는지 모른다. 자는 중에도 혹시 비닐이 벗겨지지 않았는지 걱정되어 수차례 깨곤 했다. 친구도 나와 같은 마음이었나 보다. 아침에 일어나 비닐을 벗겼는데, 손톱이 하얘서 너무 속상한 꿈을 꿨단다.

우려와 달리 우리에겐 아주 진한 다홍색 손톱이 생겼다. 그저 꽃 한 줌이었을 뿐인데 손가락까지 넉넉하고 진하게 물들었다. 그 고운 빛깔이 신기해서 울퉁불퉁 깨지고 못생긴 내 손톱을 자꾸 들여다보았다. 자꾸 보다 보니 예쁘고 사랑스럽다.

따뜻한 차와 함께 친구와 두런두런 이야기 나누며 서로의 손톱을 가을색으로 물들이던 밤. 내년 이맘때 또

같이하자고 약속한 뒤 집으로 돌아오는 길, 어젯밤을 찬찬히 돌아보았다. 마치 어릴 적 추억처럼 다정한 기억으로 물들어 있었다.

알밤

마치 학교 가는 길에 자꾸 걸음을 멈추는

아이처럼, 여자 어른 셋은 굴러다니는 밤 때문에

구르는 바퀴를 멈추었다.

가을이 준 선물

덜컹덜컹. 깊은 산속 수녀님 댁으로 향하는 길은 비포장도로였다. 정자 언니가 트럭을 운전하고 그 옆으로 다남 언니와 내가 끼여 앉아 거친 길 위를 달리고 있었다. 돌멩이에 이리 쿵 저리 쿵 부딪히고 들썩이며 사람도 트럭도 모두 힘겹게 오르던 길. 홍천지역 여성 농민 언니들과 한 달여간 수집했던 토종씨앗을 정리하는 모임에 가는 중이었다.

"어머, 웬일이야. 밤이 이렇게나 많이 떨어져 있네!"

다남 언니가 작게 탄성을 내질렀다. 밤나무가 우리에게 이제 꼼짝없이 가을 안에 들어섰다고 알려주었다. 걷고 있었다면 게 눈 감추듯 떨어진 밤을 주웠을 테지만, 쉴 새 없이 구르는 바퀴 위에선 그저 눈길 한번 주고 무심히 지나칠 수밖에 없었다.

그런데 조금 더 깊숙이 들어가니 이게 웬걸, 밤이 또 한 무더기 떨어져 있는 게 아닌가.

"정자 언니, 차 좀 세워봐. 저거 주워야겠다."

더 이상 그냥 지나칠 수 없었는지 다남 언니가 이번엔 차를 세우라고 요구했다. 약속 시간이 다 되었고 목적지도 코앞이지만 정자 언니도 같은 마음이었나 보다.

'설마 이 산골에 수녀님 말고 또 누가 살겠어?'

외길에 차를 떡 하니 세워놓고 우리는 밤을 줍기 시작했다.

밤송이 안에는 밤이 알알이 들어찼다. 어찌나 굵은지 절로 콧노래가 나왔다. 장갑이 없어 종종 가시에 찔려 흠칫 놀라면서도 멈출 수 없었다. 이미 시야에 들어온 이상 모른 체할 수 없는 광경이었다. 슬쩍 보니 밤을 줍는 언니들의 구부러진 등에서 환희가 느껴졌다.

앞서 지나간 차바퀴에 밟혀버린 밤도 많았다. 아깝고 안타까웠다. 여태껏 열심히 살아남았는데 먹거리나 씨앗이 되지 못한 채 그저 으스러져 버렸으니 말이다.

30분쯤 지났을까.

"추석 때 쓸 밤 다 주웠다."

어느새 비닐 한 봉지 가득 밤을 주운 정자 언니가 신난 목소리로 말했다. 다남 언니도 겉옷 호주머니에서 밤을 주섬주섬 꺼내 놓았는데, 역시 한 봉지쯤 되어 보였다. 가까이서 보니 까맣게 벌레 구멍 난 것이 절반이나 된다. 그러거나 말거나, 언니는 깎아 먹으면 된다며 알뜰살뜰 챙겼다. 내가 주운 건 고작 한 주먹 뿐. 하지만 아주 실속 있게 크고 건강한 것뿐이라고 스스로 자부한다.

전파가 닿지 않는 숲이라 누구의 방해도 없이 실컷 밤을 주울 수 있었다. 도대체 언제 오느냐는 다그침도 들을 수 없었다. 마치 학교 가는 길에 자꾸 걸음을 멈추는 아이처럼, 여자 어른 셋은 굴러다니는 밤 때문에 구르는 바퀴를 멈추었다.

누군가 자꾸만 다리를 붙잡는 것 같은 가을이 이렇게 깊어지고 있었다.

자동차

우리는 환경을 오염시키지 않는 데다

건강도 챙길 수 있는 기특한 자전거를

결국 포기할 수밖에 없었다.

시골에선 자동차가
꼭 필요할까?

시골에 왔을 때, 우리 부부가 가진 유일한 교통수단
은 자전거였다. 한적한 시골길을 시원스레 내달릴 때마다
이루 말할 수 없이 행복했다. 집에서 논밭까지는 30분 정도
소요됐다. 결코 가까운 거리는 아니지만 그래서 좋은 점도
많았다. 마을을 통과할 때 마을 분들과 인사를 나누고 때
로는 커피를 얻어 마시며 친분을 쌓을 수 있었다.

주변 풍경을 찬찬히 살피며 계절을 온몸으로 만끽
할 수도 있었는데, 가장 좋은 건 향기였다. 어디선가 풍겨오

는 진한 꽃향기. 바퀴를 밀고 나아갈수록 진해지는 향기를 좇다 그 정체를 마주칠 때면 기쁘기 그지없었다. 힘겹게 오르던 언덕 중턱에서 귀룽나무가 향기로 우리를 응원해 주곤 했다.

그러나 한여름이 되자 상황이 바뀌었다. 우리 밭은 산골짜기 가장 안쪽에 있어 마을의 구불구불한 작은 언덕을 여럿 넘어야 했다. 그러니 무더위가 아스팔트를 뜨겁게 달구는 날이면 밭에 도착했을 때 이미 기력이 다 소진되고 말았다.

모든 의욕을 잃고 밭에 당도하자마자 집으로 돌아가고 싶을 때도 여러 번. 새벽에 일찍 나가 보기도 했지만, 오전 10시쯤 이글거리는 볕에 쏘이며 집으로 돌아오는 것도 곤욕이었다. 우리는 환경을 오염시키지 않는 데다 건강도 챙길 수 있는 기특한 자전거를 결국 포기할 수밖에 없었다.

여름을 힘겹게 통과하며 중고 스쿠터를 구입했다. 가을은 스쿠터 타기에 너무나 좋은 계절이었다. 충만한 의욕이 사라지기 전에 밭에 도달할 수 있었다. 하지만 가을걷이를 끝내자 다른 문제가 생겼다. 고구마며 벼를 수확하고 운반을 해야 하는데 작은 짐받이에 실을 수 있는 양은 턱없이 적었던 것이다.

더구나 눈이 내리고 기온이 영하로 떨어지는 혹독한 겨울에는 온몸을 두꺼운 옷으로 칭칭 감싸도 더 이상 스쿠터를 탈 수 없는 시기가 온다. 그럴 때면 어쩔 수 없이 자동차 생각이 간절했다.

해가 바뀌고 다시 겨울이 돌아오기 직전 가을이었다. 날씨가 서늘해지니, 지난해 영하 20도 속에서 덜덜 떨며 스쿠터로 출퇴근하던 기억이 되살아났다. 긴 고민 끝에 우리는 결국 자동차를 들이고야 말았다. 시골에 온 지 1년 반 만의 일이었다. 우리는 중고차를 조용한 인근 산으로 몰고 가서 소박하지만 정성껏 고사를 지냈다. 이 차를 운전하는 동안 사고 없이 안전하게 탈 수 있게 해달라고 기도했다.

시골이라고 자동차가 꼭 필요한 건 아니지만, 덕분에 계절과 날씨에 상관없는 이동의 자유를 누릴 수 있게 되었다. 늘 함께하고 싶은 친구들과의 거리가 가까워졌고,

고양이들과도 함께 살 수 있게 되었다. 길에서 만난 고양이들을 집으로 데려올 때, 집을 오랫동안 비워 임시로 보호해 줄 친구에게 고양이를 부탁할 때 차는 요긴한 수단이었다.

농사 도구나 수확한 농산물을 한 번에 운반할 수 있게 된 것도 큰 변화다. 차는 농사를 지을 때도 함께하는 든든한 동료인 셈이다.

그러나 빛이 있다면 그림자도 있는 법. 우리는 기름값을 벌기 위해 더 많은 노동을 해야 한다. 아무리 단풍이 한창이어도 시선을 돌려서는 안 된다. 유해물질을 내뿜고 자원을 고갈시키는 데 일조하고 있다는 죄책감도 들었다.

그리고 슬프게도 도로 위에서 죽은 동물들을 자주 마주한다. 마주칠 때마다 너무 슬프지만 그렇다고 길에서 갑자기 멈추어서는 안 되니 그대로 밟을 수밖에 없다. 그들의 죽음이 익숙해질 것 같아 두려운 마음이 든다. 본의 아니게 로드킬의 가해자가 될 수 있는 한 사람으로서 다른 생명을 위해 무엇을 할 수 있을지 고민하게 된다.

자동차가 주는 안락함과 함께 새로운 행복이 더해졌지만 또 그만큼의 그림자로 인해 불행해지기도 했다. 여전히 많은 고민들이 물음표가 되어 따라다닌다. 앞으로 내가 풀어나갈 숙제다.

냉이와 배추의
집사가 되다

녀석은 10월, 개구리 님이 귀틀집(큰 통나무를 우물 정 井자 모양으로 맞추어 층층이 얹고 그 틈을 흙으로 메우며 만든 집)을 짓는 산에 나타났다. 당시 녀석은 자매와 함께 있었는데 어미는 보이지 않았고, 한 손 위에 올릴 수 있을 만큼 작고 말라 있었다. 다행히 집짓기를 돕는 분 가운데 길냥이들에게 줄 사료를 늘 차에 싣고 다니던 캣대디 님이 있어서 먹이 걱정은 덜 수 있었다.

고양이 자매는 팍팍한 노동 현장에서 존재만으로도

고양이

나는 그 대답을 듣자마자

두 분의 마음이 바뀔세라 냅다 고양이를

들어올린 후, 연신 감사하다는 인사를 드리며

도망치듯 그곳을 빠져나왔다.

사람들에게 휴식 같은 웃음을 주었다. 그러다 밤 기온이 영하 10도 밑으로 떨어지던 날, 나는 한 녀석을 집으로 들였고, 다른 녀석은 캣대디 님이 데려가기로 했다.

새 식구의 이름은 '냉이.' 참참의 고향인 강릉에서는 고양이를 '고냉이'라고 부르는데, 그 억양이 재밌어 따라 하다가 녀석의 이름으로 당첨되었다.

"아얏!"

냉이는 심심한지 이따금 내 손가락을 깨물어 댔다. 그저 장난으로 넘길 수 있으면 좋으련만, 손가락은 동의하지 않았다. 아무래도 녀석에게 친구를 만들어주어야 멈출 것 같았다. 인터넷 커뮤니티에서 비슷한 연령대의 회색 길냉이를 물색했다. 밤늦도록 화면을 들여다보다 드디어 마음에 드는 친구를 발견했을 때, 그제서야 문제를 깨달았다.

'울산에서부터 어떻게 데려오지?'

장거리 이동은 도저히 엄두가 나지 않아 온라인을 통한 친구 찾기는 포기하고, 다음날 언니들과 동네 토종씨앗을 조사하러 나선 길. 집에서 그리 멀지 않은 동네 골목길로 들어섰을 때였다.

"야옹."

웬 작은 고양이가 내게 다가오는 게 아닌가? 내 다리 사이를 오가며 몸을 비비적거리는 녀석은 회색 털옷을 입고 호박색 눈을 한 아주 예쁜 고양이였다. 연령대도 냉이와 얼추 비슷해 보였다.

"너 우리 집에 갈래? 응? 나랑 같이 갈까?"

번쩍 안아 올려도 얌전히 있는 걸 보아 챙겨주는 이가 있는 게 분명했다. 녀석이 어느 집 마당에 들어서기에 이 집 식구인지 여쭙고 싶었지만 아무도 없었다.

아쉽게 발길을 돌려 다음 마을로 이동하려는 찰나, 정자 언니가 말했다.

"어, 저 아저씨가 아까 그 집 주인이야."

나는 잠시 고민하다 차에서 내렸다. 아무래도 그 녀석이 마음에 쏙 들어 한번 여쭤나 보자고 생각했다.

"안녕하세요. 혹시 이 고양이 키우시는 건가요?"

"네. 우리 집사람이 누구한테 받아서 키우는데. 왜요?"

나는 그 대답을 듣고 크게 실망했다.

"혹시 키우시는 게 아니라면 제가 키우면 어떨까 생각했어요."

바로 단념하기엔 아쉬워서 그랬는지 나도 모르게 구구절절 사연을 말씀드리고 있었다. 그랬더니 놀라운 대답이 돌아왔다.

"그럼 데려가 키우세요."

"네?"

잘못 들은 줄 알았다. 곧이어 농담이 아니라는 걸 알았고, 아예 지금 바로 데려가라는 말씀에 평소 고양이를 싫어하셨던 모양이라고 생각했다. 나는 뛸 듯이 기뻤지만, 아주머니의 생각은 다를 수 있으니 다음에 다시 찾아오겠다고 말씀드렸다. 그때, 배추가 들어 있는 대야를 머리에 이고 아주머니가 오셨다. 사정을 말씀드리니 같은 반응이 돌아왔다.

"그럼 데려가서 잘 키워보세요. 얘가 애교도 많고 집에서 키우던 애라 괜찮을 거예요. 우리는 농사짓느라 바빠서 신경을 못 써요."

나는 그 대답을 듣자마자 두 분의 마음이 바뀔세라

222

냅다 고양이를 들어올린 후, 연신 감사하다는 인사를 드리며 도망치듯 그곳을 빠져나왔다.

몇 년 동안 꿈에서만 그리던 일이었다. 집을 종종 비울 때마다 고양이에게 너무 미안하니, 마당 있는 집에 살게 되면 키우자고 참참이 만류해 왔었다. 그런데 어느 날 갑자기 우리는 두 고양이의 집사가 되었다. 그간의 고민과 논의가 무색하게도. 인연은 그렇게 불현듯 찾아오는가 보다.

회색 고양이의 이름을 고민하다 이날 김장철이라 배추를 이고 들어오던 아주머니를 떠올리곤, '배추'라 지었다. 고냉이와 냥배추. 의도하지 않았는데 냉이와 배추 모두 십자화과 채소(쌍떡잎식물의 한 과로 4개의 꽃받침 조각과 4개의 꽃잎이 십자 모양을 이룬다. 무, 배추, 냉이, 꽃다지 따위가 있다)라는 공통점을 발견하고 혼자 기뻐했다.

얼떨결에 식구가 된 녀석들은 두어 달이 지난 지금 둘도 없는 단짝이 되었다. 이 사랑스러운 털북숭이들을 보고 있으면, 시간이 멈춰 버린다. 마냥 같이 뛰어놀면서 그렇게 영원히 지낼 수 있을 것만 같은 느낌이 든다. 고양이는 이제 나의 삶을 지탱해 주는 소중한 존재가 되었다.

밭 미술관

어디에도 전시를 안내하는

표지판은 없었지만 멀리서부터 알아볼 수 있었다.

논밭에 펼쳐진
사계절 미술관

이웃인 도토리는 그림책 작가다. 처음에 그가 하는 일을 듣고 나를 포함한 많은 사람이 동화 작가로 종종 오해하곤 했는데, 그러면 그는 콕 짚어 "'동화' 작가가 아니고 '그림책' 작가예요. 둘은 서로 달라요." 하고 고쳐주었다.

그는 이웃으로부터 땅을 조금 빌려 한쪽에 작은 컨테이너를 갖다 놓고 겨울을 제외하고 일주일의 3~4일을 농사지으며 생활한다. 그리고 나머지 시간엔 서울에 계신 부모님과 지낸다.

사실 도토리 님의 집은 밭 가운데 덜렁 있어서 생활하기에 여러모로 불편하다. 화장실은 밖에 있고, 샤워시설도 없다. 밭에 댈 물은 있어도 마실 물이 없어서 서울에 다녀올 때마다 생수를 무겁게 들고 와야 한다. 그런데도 그는 세상 누구보다 행복해 했다. 책상 앞에 엉덩이 짓누르고 앉아 일하던 이가 몸을 움직인 만큼 성취를 얻는 정직한 노동에 푹 빠진 것이다.

도토리 님은 이주하고 2년 동안 해와 나란히 일어나 밭 만들고, 씨 뿌리고, 물 주고, 풀 메다 해와 함께 잠드는 생활을 반복했다. 틈틈이 지게를 메고 산에 올라 땔감을 주워오고, 컨테이너를 그림 작업하기 좋은 공간으로 만드는 일도 했다. 바로 옆에 붙어 있는 우리 밭이 점점 정글이 되어가는 동안, 그의 밭은 호박이며 토마토 등 착실히 수확물을 내고 있었다.

그런 도토리 님이 새 그림책 출간을 앞두고 특별한 그림 전시회를 열었다. 전시 제목은 '도토리 망작전.' 자기 잘했다고 자랑하는 전시가 아니라, 반대로 출판사에 채택되지 못하고 망한 작품을 선보인단다. 한 권의 그림책이 나오기까지의 과정을 보여준다는 취지였다. 이 전시가 특별한 이유는 또 있다. 전시 장소가 바로 밭이라는 점.

모든 농사가 끝난 12월 지구학교 수업 마지막 날, 도토리 님의 땀이 스며 있는 밭에서 그림 전시가 열렸다. 어디에도 전시를 안내하는 표지판은 없었지만 멀리서도 한눈에 알아볼 수 있었다. 수많은 종이가 햇빛을 받아 반짝이고 있었기 때문이다. 가까이 다가가 보고서 나는 놀라지 않을 수 없었다. 미술관보다 더 멋진 광경이 그곳에 펼쳐져 있었기 때문이다.

밭 한가운데에 하얀 벽 대신 고추 지지대를 세우고 농사용 비닐 끈을 둘러쳤다. 그리고 나서 그 끈에다 그림을 매달았다. 전시장 가운데는 편하게 앉아 그림책을 볼 수 있는 테이블과 의자가 마련되었고, 마당에 설치된 텔레비전에서는 지구학교의 한 해를 돌아보는 영상이 상영되었다. 그 앞으로 도토리 님이 작업한 그림책들이 진열되어 있었고, 컨테이너 안에는 그림 작업을 체험해 볼 수 있는 그림 도구까지 준비되어 있어 그야말로 즐길 거리가 가득한 복합 문화 공간이었다.

나는 지구학교 참여자들과 함께 천천히 그곳의 시간을 즐겼다. 걸음을 옮길 때마다 바스락거리는 마른 풀 내음과 시원한 바람을 느끼며 온몸으로 그림을 감상했다.

　　그림책에 실린 그림 한 컷마다 미묘하게 다른 서너 장의 그림이 더 있었다. 실패한 작품이라고 하기엔 한 장 한 장이 모두 훌륭해서 되려 그의 섬세하고 부지런한 기질이 두드러졌다. 그림 농사짓는 도토리의 아름다운 갈무리. 이날의 경험은 들판의 무한한 가능성을 일깨워주었다.

　　나는 또 하나의 그림 전시를 상상해 본다. 봄에는 연두색, 짙은 초록의 여름을 지나, 빨강이었다가 까맣고 노랗게 물드는 땅의 그림을. 호미에 땀을 묻혀가며 감자와 옥수수로 밭을 칠한다. 해와 바람과 달과 벌레, 온 우주가 거드는 제법 큰 공동 작업. 이 놀라운 밭 미술관에서는 상설전시가 열리니 누구든지 언제든 놀러오시라!

　　참, 전시 작품은 씹고, 뜯고, 맛보고, 즐기셔도 좋습니다.

김장

시골에 살면 다들 마땅히
항아리에서 김치를 꺼내 먹는 줄 알았다.
그건 아주 순진한 생각이었다.

초보 농사꾼의
생애 첫 김장

　'땅속에 묻은 항아리 김치가 더 맛있다는 건 사실일까?'

　궁금했다. 커다란 양문형 냉장고도 모자라 김치냉장고를 두 대씩이나 들이는 엄마를 이해할 수 없던 나는, 예전부터 재래식 김장독을 갖고 싶었다. 그래서 귀농한 첫해, 손수 김장을 해 보기로 했다.

　시골에 살면 다들 마땅히 항아리에서 김치를 꺼내 먹는 줄 알았다. 그건 아주 순진한 생각이었다. 시골엔 김

230

치냉장고 따윈 저리가라는 집채만 한 냉장고가 있다. 저온 저장고가 바로 그것. 김치뿐 아니라 수확한 농산물을 장기간 신선하게 보관할 수 있고, 어떨 땐 사람마저 살린다. 푹푹 찌는 여름에 잠깐 들어가 있으면 아주 천국이 따로 없다. 항아리는 없을지언정 저온저장고는 시골 농부의 필수품이다.

세상이 추구하는 방향과 반대로 오래된 방식을 좋아하는 나는 항아리 김치를 담그기 위해 씨앗부터 뿌렸다. 자연농 1년 차의 배추는 벌레에 취약했다. 작물이 자라는 속도가 벌레의 식성을 따라잡을 수 없었다. 배춧잎 여기저기 구멍이 생기고 급기야 흔적조차 남지 않았다.

그렇다고 포기할쏘냐! 이웃에게 모종을 얻어 빈 공간을 메우고, 먹어치우면 또 메우며 추운 공기에 벌레들이 사라질 때까지 배추를 사수했다. 비료를 팍팍 쳐준 남의 배추에 비해 작고 속이 차지 않아 모양새가 헤벌레했지만, 내 눈엔 예쁘기만 했다. 동그랗게 말려 있지 않으면 뭐 어때. 싱싱하고 맛만 좋으면 되지!

양이 얼마 되지 않아 김장 자체는 큰일이 아니었지

만, 막상 절이려고 보니 소금을 대량으로 사는 게 부담스러웠다. 그래서 옆 동네 애진 언니가 미리 주문받은 김장을 한다기에 슬쩍 우리 배추를 가져다 놓았다. 나중에 애진 언니에게서 전화가 왔다.

"파람아, 김장 배추를 가져온다더니 웬 배추 모종을 갖다놨니?"

언니는 하도 어이가 없어서 웃음을 터트렸고 나도 따라 웃었다. 소금에 절인 우리 배추는 더욱 작아졌다. 양념에 담갔다 몇 번 휘휘 젓고 정갈하게 돌돌 말고 보니 세상에, 김치 한 포기가 손바닥의 반만 하다.

"배추김치 한 포기가 한입에 쏙 들어가겠네."

참참이 웃으며 말했다.

"소인국 김치라고 할까?"

우스개 소리를 주고받는 사이, 김장이 30분 만에 끝났다. 배추 씨앗을 뿌리던 날, 고강도에 고난이도 김장을 예상하며 단단히 마음먹던 우리가 떠올라 또 웃음이 났다.

밭에 미리 파 놓은 구덩이에 짚을 깔고 항아리를 묻었다. 바닥에 김치를 깔고 맛있어지길 손 모아 기도한 뒤

발효되기까지 한 달을 기다렸다. 그래서 항아리 김치의 맛은? 뿌드득 아삭하고 시원한 겨울의 맛! 배추 모종 김치라도 기대한 만큼, 아니 그 이상으로 맛있었다.

애진 언니 말마따나, 누가 우리를 보면 소꿉놀이한다고 여길지도 모르겠다. 하지만 우린 사뭇 진지하게 김치의 A부터 Z까지, 식탁에 늘상 올라오는 김치를 우리 손으로 직접 만들었다는 것만으로도 뿌듯하고 기뻤다.

단 한 가지 요리를 위해 농사짓고 땀 흘리는 일 자체가 낭만적으로 느껴진다. 다음 김장철에도 나는 또 항아리 김장독을 묻을 것이다.

서울에서 강원도 홍천으로 이주했던 당시 우리에겐 특별한 계획이 없었다. 얼마나 살지 알 수 없었기 때문에 구체적으로 무언가를 계획할 필요도 느끼지 못했다. 그저 흐르는 삶에 몸을 맡길 뿐. 어딘가에 정착하고 싶은 마음도 간절했지만, 가진 것이 없으니 가볍게 어떤 흐름을 따라 살아보려 했다.

그렇게 홍천에 온 것처럼 우리는 이제 강릉으로 간다. 그곳에는 참참이 유년시절을 보낸 자리가 있다.

정다운 이웃들과 산골짜기의 아름다운 논밭에서 멀어진다고 생각하면 이내 마음이 무겁고 먹먹해진다. 맨

몸으로 온 우리에게 자신이 가진 것을 기꺼이 내어준 이웃들 덕분에 초록 들판과 하늘에 폭 안길 수 있었다. 자연의 시간에 감응하는 몸과 풀을 구별하는 눈과 부지런한 손을 가지게 되었다. 그리고 소중한 사람과 사람 사이사이 따뜻했던 시간들. 이런 것들을 잘 모아다 뭉쳐서 단단한 행복을 내 안에 쌓을 수 있었다.

　　한편 앞에 놓인 새롭고 낯선 환경에 대한 기대로 가슴이 두근거리기도 한다. 같은 강원도라도 큰 산을 사이에 두고 홍천과 강릉은 날씨와 풍경이 크게 다르다. 그동안 산이 내어주는 매일의 풍요를 발견하며 눈을 반짝였다면, 햇살에 반짝이는 바다 곁에서 나는 또 무엇을 발견하며 지내게 될까? 한 가지 바람이 있다면 단지 그곳에 잘 스며들고 싶다는 것.

　　겨울을 보낸 뒤 참참은 강릉 시내에 위치한 직장을 구했고 고양이들과 함께 익숙하고도 새로운 집에서 살고 있다. 다행히 고양이들은 새 집이 썩 마음에 들었나 보다. 매일같이 나무 위를 오르고 개구리며 뱀을 잡아오는 걸 보면 말이다. 나는 아직 남아 있는 짐을 정리하며 홍천과 강릉을 오가는 중이다.

바다로부터 차로 5분 거리에 10여 채가 모여 사는 아담한 마을. 빨간 슬레이트 지붕의 오래된 집. 그곳에서 우리는 두 번째 시골살이를 시작한다.

사는 곳은 달라졌지만, 오늘도 온전히 음식을 해 먹고 내 손으로 무언가 쓸모를 만들며 자립하는 삶에 도전하고 있다. 되도록 지구에 해를 끼치지 않는 방식을 고민하고, 할머니의 지혜를 배우기 위해 옆집 문을 두드린다. 그렇게 나는 또 다른 탐구생활을 이어갈 것이다.

이파브르의 탐구생활

2019년 7월 29일 초판 1쇄 발행
2019년 10월 24일 초판 2쇄 발행

글·그림 이파람(김혜리)
펴낸이 천소희
편집 박수희
제작 공간

펴낸곳 열매하나
주소 전라남도 순천시 원가곡길75
등록 2017년 6월 1일 제2019-000011호
전화 02.6376.2846 | **팩스** 02.6499.2884
전자우편 yeolmaehana@naver.com
페이스북 www.facebook.com/yeolmaehana
ISBN 979-11-90222-11-2 03810

이 도서의 국립중앙도서관 출판예정도서목록(CIP)은 국가자료공동목록시스템
(http://www.nl.go.kr/kolisnet)에서 이용하실 수 있습니다.(CIP 제어번호: 2019025239)

 삶을 틔우는 마음 속 환한 열매하나